Klarant Verlag

AF144128

Der Ostfrieslandkrimi-Autor **Stefan Albertsen** ist Friese durch und durch. Seine Krimis und Romane, die in verschiedenen Verlagen erschienen sind, begeistern die Leser. Der Hobbyschauspieler aus Breklum liebt die frische Luft, den salzigen Duft der Nordsee und den kernigen Wind, der ihm durch das Gesicht fährt. Der Autor hat eine starke Affinität zum Meer und zu der Weite des Landes, die er immer schwer entbehrt, wenn es ihn einmal für längere Zeit von zu Hause fortführt. Und so kommen ihm die besten Ideen für seine Krimis immer dann, wenn er sich bei einem Spaziergang an der Küste so richtig den Kopf freipusten lässt.

Stefan Albertsen

Ostfriesische Schatten

Kripo Norden ermittelt: 9. Fall

Ostfrieslandkrimi

Klarant Verlag

1. Kapitel

Gegenwart – Sonntag früh

Axel Groot wusste nicht, wie alt die Fichte war, aber er stellte sich vor, dass sie schon einige Jahrzehnte auf dem Buckel hatte. Er meinte, früher einmal gelesen – oder in einer Fernsehdokumentation gesehen – zu haben, dass diese Baumart durchaus viele Hundert Jahre alt werden könne. Wie gesagt, er hatte keinerlei Ahnung, war kein Botaniker und verließ sich im Moment nur auf seinen ersten Eindruck.

Und der verhieß nichts Gutes.

Unter normalen Umständen wäre ihm dieser Baum zwischen all den anderen Artgenossen und Vertretern der sommergrünen Gattung des Waldes kaum aufgefallen, selbst wenn man bedachte, dass er mindestens fünfundzwanzig Meter hoch war und einen Stamm von beträchtlichem Umfang besaß.

Doch die Tatsache, dass ein silbergrauer 7er BMW der neuesten Generation offenbar mit hoher Geschwindigkeit auf ihn zugerast und mit voller Wucht gegen ebenjenen mächtigen Stamm geprallt war, hob ihn deutlich aus der Masse hervor.

Axel holte tief Luft und schluckte. Der Anblick, der sich ihm bot, war nichts für zartbesaitete Gemüter, zu denen er glücklicher- oder bedauerlicherweise nicht gehörte, egal wie man es betrachtete.

Er liebte schnelle Fahrzeuge, vor allem vierrädrig, um damit durch die Weiten des Landes zu jagen. Aber es war nicht der Anblick des völlig verbeulten Flitzers, der ihn so mitnahm. Ebenso wenig all die zersplitterten Metall- und Plastikteile, die verstreut herumlagen, oder das zerbrochene Glas, das den Boden bedeckte und im Licht der aufgehenden Morgensonne in den verschiedensten Prismenfarben schimmerte. Auch das zusammengeschobene Vorderteil, das entfernt an die faltbare Mitte einer Ziehharmonika erinnerte, berührte ihn in diesem Moment eher weniger.

Es war ein anderer Anblick, der seine ansonsten so lückenlose geistige Abwehr durchbrach.

Das Bild des Mannes, der zwischen Fahrzeug und Baumstamm eingeklemmt war und dessen Rumpf wie der obere Teil eines abgeknickten Strohhalms auf der völlig deformierten Motorhaube auflag.

Sein Blut war den Rillen und Vertiefungen im Metall gefolgt, die der Aufprall hinterlassen hatte, und zeichnete, von oben betrachtet, ein undefinierbares Gewirr von Linien auf den hellen Lack.

Der Kopf des Toten lag so, dass Groot nur den Hinterkopf sah. Das dunkle Haar schimmerte. So wie die Sonnenstrahlen die Glaskrümel zum Leuchten brachten, so spiegelten sie sich dort in dem verkrusteten Blut, das sich über die ganze Kopfhaut verteilt hatte.

»Meine Güte«, flüsterte der Hauptkommissar und blieb einige Meter vor dem Ort des grausamen Geschehens stehen. »Der Wagen hat ihn voll erwischt.«

»Aber das ist noch nicht alles«, ergänzte eine Männerstimme neben ihm.

Unter den konzentriert arbeitenden Angehörigen der Spurensicherung, die in ihren weißen Ganzkörperanzügen mit Kapuzen wie gespenstische Besucher aus dem All wirkten, trat diese Gestalt hervor. Sie überragte die Anwesenden wegen ihrer beachtlichen Körperlänge von fast zwei Metern und drehte sich zu Groot um.

Gernot Michaelis, Abteilungsleiter und versierter Experte in Sachen Tatort- und Spurensicherung, umrundete eine auf dem Boden liegende Markierung und kam auf Axel zu.

»Was meinen Sie?«, fragte er.

»Dazu komme ich gleich, versprochen.« Der baumlange Mann mit dem knochigen Gesicht hob das für ihn so typische Klemmbrett, auf dem er seine Notizen und einige Mitteilungen von Mitarbeitern zusammengefügt hatte. Er überflog die Zeilen, blätterte Papiere unverständlich vor sich her murmelnd hin und her und nickte dann.

»Nun, ich denke, auch ohne gerichtsmedizinischen Befund kann ich jetzt schon sagen, dass der Unglücksrabe, der beim verunglückten Einparken im Weg stand, durch den Aufprall des BMW zu Tode gekommen ist.«

»Kein Widerspruch meinerseits«, mischte sich eine andere Stimme in das Gespräch ein. Diesmal war es eine weibliche. »Auch wenn ich mich Ihrer makabren Ausdrucksweise nicht anschließen möchte.«

Wie auf Kommando drehten sich Axel und Michaelis gleichzeitig um und sahen eine hochgewachsene, schlanke Frau auf sich zukommen.

Sie trug einen dunklen Anzug, der vom Schnitt her eher förmlich wirkte und sicher nicht billig war. Der Stoff war etwas zerknittert, was darauf schließen ließ, dass diese Kleidung bereits seit längerer Zeit getragen wurde. Der oberste Hemdknopf stand offen.

»Hilka?«, begrüßte Groot seine Kollegin. Er war ehrlich überrascht, sie hier anzutreffen.

Die Kommissarin blieb stehen und bedachte ihren Vorgesetzten mit einem schmalen Lächeln. »Darf ich mich zu euch gesellen, oder ist das hier ein reiner Männertreff?«

»Natürlich, kein Problem, aber ich dachte, du würdest zu Hause im Bett liegen und schlafen.«

»Das wäre wunderbar, vor allem nach dem Scheißdienst, den ich bis in die frühen Morgenstunden schieben durfte.« Die Kommissarin unterbrach sich und winkte ab. »Aber wem erzähle ich das? Du warst selbst dabei.« Sie klatschte forsch in die Hände. »Ich war jedenfalls gerade auf dem Heimweg, als ich über Funk die Meldung von dem Schlamassel hier empfing und dachte, ich komme mal vorbei.« Hilka legte den Kopf schief. »Was soll's, in ein paar Stunden habe ich sowieso damit zu tun, wenn ich wieder im Büro bin. Und ob ich jetzt gleich ins Bett gehe oder erst in einer halben Stunde, ist sowieso egal.«

Michaelis ließ ein überdeutliches Räuspern hören.

»Ach, natürlich«, sprang Axel ein. »Bitte fahren Sie mit Ihrem Bericht fort.«

Hilka nahm neben ihrem Chef Aufstellung und betrachtete dabei das demolierte Fahrzeug mit dem halb zerquetschten Opfer eingehend.

»Nun, der Tote ist zweifellos durch den Aufprall des Wagens getötet worden. Ob noch andere Umstände im Spiel waren, konnten wir bisher nicht feststellen«, nahm der Leiter der Spusi die Fäden seines begonnenen Berichts wieder auf.

»Was meinen Sie mit ›anderen Umständen‹?«, fragte Hilka.

»Na ja, ob der Mann schon vorher schwer verletzt war und vielleicht auch ohne den BMW gestorben wäre oder ob Gift oder Drogen im Spiel waren. Das muss noch untersucht werden. Aber das sollte Ihnen doch klar sein, oder?«

»Es war eine wirklich lange Nacht«, erklärte die Kommissarin und schielte zu Groot hinüber. »Ich bin ein kleines bisschen müde. Tut mir leid.«

»Alles in Ordnung?«, fragte Axel und die Sorge in seiner Stimme war ernst gemeint.

»Nein«, murmelte sie, selbst auf die Gefahr hin, Michaelis von der Fortsetzung des Berichts abzuhalten. »Du hattest recht, ich sollte im Bett liegen und schlafen.«

»Und warum tust du das nicht? Dein Einsatz ist doch schon seit Stunden vorbei.«

Ein bitteres Lachen folgte. Hilka beugte sich ein wenig vor und betrachtete die Leiche mit intensivem Blick. Groot gewann beinahe den Eindruck, die Kommissarin wolle den Toten wieder zum Leben erwecken.

»Weil der Einsatzleiter – also der Chef der zivilen Einheit – nicht zur vereinbarten Abschlussbesprechung erschienen ist.«

»Wie bitte? Hagen Wilmert hat dich und die anderen sitzenlassen?«, stieß Groot hervor. Erst als er den Satz zu Ende gesprochen hatte, wurde ihm bewusst, dass er ihn mit einem verächtlichen Ton hervorgebracht hatte. »Wie kann das sein? Nach allem, was ich über diesen Supermann gehört habe, kann ich nicht glauben, dass er jemals zu spät kommt.«

»Er hat sich nicht verspätet«, stellte Hilka klar. Die ersten Sonnenstrahlen glitten über ihr Gesicht und offenbarten die Blässe ihrer Haut und die tiefen Ringe der Müdigkeit unter ihren Augen. »Er ist nicht erschienen. Hat sich nicht gemeldet und unsere Kollegen, seine Leute und natürlich auch mich einfach im Stich gelassen.«

»Habt ihr versucht …«

»Wenn du mich jetzt fragst, ob ich versucht habe, ihn zwischenzeitlich telefonisch zu erreichen, sehe ich mich genötigt, anzunehmen, du würdest davon ausgehen, ich hätte es vergessen, und mich für eine blutige Anfängerin halten.«

»Würde mir nie einfallen«, beeilte er sich zu antworten. Er beschloss, so schnell wie möglich auf ein anderes Thema hinzulenken. »Aber merkwürdig ist das schon.« Er holte tief Luft und rieb sich das Kinn. »Ich bin kein Fan von ihm, aber er gilt als absolut zuverlässig.«

»Egal, wir haben zwei Stunden auf ihn gewartet und sind dann wieder abgezogen, nachdem Wilmerts Leute uns auch keine Auskunft geben konnten.«

»Und warum …«

Abermals kam Groot nicht dazu, seine Frage zu beenden, und ehrlich gesagt nervte ihn das gewaltig, doch Michaelis hatte den Blick vom Klemmbrett gelöst und startete einen Versuch, den Bericht fortzusetzen – ungeachtet der Tatsache, dass die beiden Kommissare sich soeben unterhalten hatten.

»Nun, die Todesursache unseres Freundes auf der Motorhaube ist eindeutig, aber beim Fahrer wissen wir noch nicht genau, wie er ums Leben gekommen ist.«

»Was? Der Fahrer? Welcher Fahrer?«, fiel ihm Axel ins Wort.

Der Hauptkommissar drehte sich um und sah, wie Hilka in ihrer Haltung erstarrte, als hätte sie etwas entdeckt, das ihr Interesse weckte. Es schien nichts mit dem Fahrer des BMWs zu tun zu haben, denn sie entfernte sich, um den Wagen zu umrunden.

Axel sah zur Fahrertür. »Ich dachte, wir hätten es mit einer Fahrerflucht zu tun?«

»Tut mir leid«, sagte Michaelis und zuckte beiläufig mit den Schultern. »Aber da haben Sie etwas Falsches angenommen.« Er deutete mit dem Zeigefinger aus dem Seitenfenster. »Aber das ist nicht weiter tragisch. Das Glas des Seitenfensters hier ist unbeschädigt und getönt. Sie konnten also gar nicht sehen, dass der Fahrer noch drinsitzt.«

»Und wissen Sie, wer die beiden Toten sind?«, fragte Axel.

»Machen Sie ruhig die Tür auf«, forderte ihn der Spusi-Chef auf. »Sie werden staunen.«

Eigentlich schätzte der Leiter der Kripo solche Spielereien überhaupt nicht, aber da er Michaelis kannte und ihn respektierte, kam er der Bitte nach.

Er öffnete die Tür, und ihm war, als träfe ihn der Schlag.

Sein Blick verharrte wie gebannt auf dem Gesicht des Toten.

»Das ... das gibt's doch nicht«, flüsterte er.

Es dauerte keine zwei Sekunden, da ertönte von der anderen Seite des Wagens Hilkas Stimme, deutlich lauter als seine eigene.

Und die Worte klangen wie ein unvollständiges Echo dessen, was er hervorgestoßen hatte.

»Das gibt's doch nicht.«

2. Kapitel

Sommer 1991, Ufer des Marschtiefs, unweit des Breiter Wegs, Hagermarsch/Ostfriesland

»Hör, du, ich geh schwimmen, willst du vielleicht mit? Aber gelt, du arbeitst lieber, natürlich, du bleibst viel lieber da, gelt?«
Tom maß ihn erstaunt von oben bis unten.
»Was nennst du eigentlich arbeiten?«
»W–was? Ist das keine Arbeit?«
Tom tauchte seinen Pinsel wieder ein und bemerkte gleichgültig:
»Vielleicht – vielleicht auch nicht! Ich weiß nur soviel, daß das dem Tom Sawyer paßt.«
»Na, du willst mir doch nicht weismachen, daß du's zum Vergnügen tust?«

»Ey, hat einer von euch diesen miesen kleinen Pisser gesehen?«
Die Stimme, die Axel aus dem Lesefluss riss, schien sich nicht auf eine Tonart einstellen zu lassen, pendelte zwischen jungenhafter Höhe und dumpfem Brummen hin und her und war somit von der typischen Dissonanz eines Stimmbruchs geprägt.

Der junge Groot, der vor einigen Tagen von seinem Vater das Buch *Die Abenteuer des Tom Sawyer* als Leihgabe überreicht bekommen hatte – und sich bis eben darin vertieft hatte, ehe ihn die quäkende Stimme in die Wirklichkeit zurückholte –, seufzte leise.

Er fragte sich, ob es ratsam war, sich zu erheben und somit aus dem Schutz des sanft in einer Brise wogenden Rispengrasmeeres herauszutreten. Bislang gewährten ihm die hochwachsenden Triebe eine Form von Unsichtbarkeit vor demjenigen, der sich ihm annäherte, der lauter werdenden Stimme nach zu urteilen.

Axel hatte sie sofort erkannt, und ihm wurde augenblicklich klar, dass ihr Besitzer – der sich höchstwahrscheinlich wieder einmal in unliebsamer Begleitung befand – nichts anderes als Ärger bedeutete.

Mehr aus einem Instinkt heraus, dem er sich nicht zu widersetzen vermochte, sah er in alle Richtungen und suchte eine Fluchtmöglichkeit.

Zur Straße war ihm der Rückzug verwehrt. Von dort näherte sich das Unheil schnaufend und schimpfend. Im nächsten Moment erklangen die Stimmen der willfährigen Begleiter des Rufers und verrieten, dass er tatsächlich nicht allein war.

»Nee, der feige Gockel hat sich verkrochen«, ließ Bernie Delfs' unverkennbarer Bariton vernehmen. Er schnaufte ebenfalls. Er besaß wohl die Stärke eines kleinen Bären, hatte dafür aber keinerlei Ausdauer vorzuweisen.

Ein Kichern folgte, so hoch und schrill, als hätte es ein schreckhaftes Mädchen ausgestoßen. »Die Memme meint wirklich, sie könnte sich vor uns verstecken.« Dieser Spruch kam von Arno Krahn. Er war bei Weitem nicht so stark wie Delfs, zeichnete sich dafür aber durch Hinterhältigkeit und Einfallsreichtum aus, wenn es an der Zeit war, andere – vor allem Schwächere – unter Druck zu setzen.

Panik stieg wie eine düstere Woge in Axel auf. Für die Dauer einiger wuchtiger Herzschläge, die den Eindruck vermittelten, als versuchten sie, ihm den Brustkorb zu sprengen, befürchtete er die beiden Unholde und deren Anführer hätten es konkret auf ihn abgesehen.

Ehe die Angst ihn zu einer unbedarften Reaktion veranlasste – wie etwa blindlings aufzuspringen und davonzulaufen –, ertönte von Neuem die Stimme des Leithammels des kleinen Trupps.

»Ach komm schon, Martin, lass die Spielchen«, rief Frank. *Der Boss, der oberste Käse, Numero Uno Honcho*, zitierte der junge Groot ironisch im Geiste einen Ausspruch aus einem seiner Lieblingsfilme.

»Wir finden dich sowieso. Je länger wir dich suchen müssen, desto schlechter wird unsere Laune und umso schlimmer wird die Abreibung, die dir dann droht.«

Martin, schoss es Axel durch den Kopf. *Diese blöden Arschlöcher haben es mal wieder auf den armen Wicht abgesehen.*

Wut flammte in ihm auf, verdrängte die eben übermächtige Angst und brachte ihn fast dazu, aufzuspringen und sich den

Mistkerlen entgegenzustellen, was vollkommen sinnlos gewesen wäre und *ihm* zweifellos die Prügel eingebracht hätte, die für den Flüchtigen angedacht waren.

Nein, nein, ich bleibe besser in Deckung und ziehe mich in Richtung Weide zurück, beschloss Axel. Er kroch auf allen vieren davon, was demütigend anmutete, in Hinsicht auf die körperliche Unversehrtheit jedoch ratsamer war.

Ich habe so viel über Indianer und die Art gelesen, wie sie sich an ihre Gegner oder Beute heranrobbten, dass es nicht so schlimm ist, wenn ich es mal ausprobiere.

Mit diesen Gedanken versuchte er das peinliche Bild, welches er einem Beobachter der Szene geboten hätte, zumindest vor dem eigenen geistigen Auge ein wenig an Wirkung zu nehmen.

Im Grunde genommen war sein Vorgehen vernünftig, denn gegen drei Jungen, die allesamt älter, größer und kräftiger waren, würde er in einer direkten Konfrontation den Kürzeren ziehen. Da half es auch nichts, dass er von seinem Vater regelmäßig Boxlektionen erhielt und mit ihm sogar gelegentlich im Ring stand.

Es war besser, sich jetzt zurückzuziehen, was vielleicht feige anmutete, dafür aber unverletzt zu bleiben und …

»Neiiin, lass mich«, durchstieß ein geller Schrei die Stille, die sich in der vergangenen Minute über das kleine Areal nahe dem Fluss gelegt hatte.

Die Worte, ausgestoßen in höchster Not und zitternd vor purer Angst, stammten von einem vierten Jungen. Demjenigen, den die gnadenlosen Häscher aus der achten Klasse durch die wogenden Rispengräser gejagt hatten. Dem bemitleidenswerten Martin, der das große Pech hatte, Franks deutlich jüngerer Bruder zu sein.

Axel konnte sehen, wie der schmächtige Bursche vom bulligen Bernie in die Höhe gerissen wurde. Er hatte sich zuvor im Gras versteckt gehalten.

»Nu zappel nich so rum«, schimpfte der massige Delfs. Auch wenn er sich beschwerte, schien es ihm überhaupt keine Mühe zu bereiten, sein Opfer aus der Deckung zu heben.

Martin ächzte, griff mit der freien Hand nach Bernies und versuchte sich loszureißen, doch die schwiemeligen Wurstfinger des Achtklässlers ließen nicht locker. »Ey, guckt ma, was ich gefunden habe.«

Axel schielte über das Rispenmeer hinweg und sah, wie Frank auf der Szene erschien, mit raschen Schritten auf die beiden zulief und Martins T-Shirt-Kragen zu packen bekam.

»Na, wen haben wir denn da?«, brach es erfreut aus dem hochgewachsenen Blondschopf hervor. Sein Gesicht schimmerte, wie fast immer, rot. Er war nur unwesentlich schmaler als Bernie, überragte diesen wie auch Arno jedoch bei Weitem. Wie ein Riese aus einem alten Märchen zog er seinen wimmernden Gefangenen hinter sich her und erreichte eine Stelle, die frei lag. Die Gegenwehr des hilflos Unterlegenen hätte auf andere unfreiwillig komisch gewirkt. Axel aber war nicht zum Lachen zumute. Ein dumpfes Gefühl von Sorge kroch ihm in den Magen. Es war klar, dass Martin eine schwere Zeit bevorstand, und er schämte sich dafür, dass er froh darüber war, dass man es – ausnahmsweise einmal – nicht auf ihn abgesehen hatte.

Die beiden erreichten die kleine Lichtung, die so günstig lag, dass Axel sie weiterhin unentdeckt aus seiner Deckung heraus beobachten konnte.

Mit einem Ausdruck zutiefst empfundener Abscheu stieß Frank den zappelnden Bruder zu Boden, sodass er wieder aus dem Blickfeld verschwand. Dafür waren Bernie und Arno erkennbar, als sie sich hämisch grinsend neben ihren Chef stellten.

»Seht ihn euch an«, trumpfte dieser auf. Er verzog das Gesicht, als beobachte er einen Hund dabei, wie er seine Notdurft mitten auf die Straße entrichtete. »Soll ich euch mal sagen, was ihr da zu sehen bekommt?«

Bernie, der in vielerlei Hinsicht dem entsprach, was man sich unter einem strohdummen Schläger vorstellte, hörte auf zu grinsen und starrte Frank verwundert von der Seite her an.

»Was soll'n die Frage? Das is dein Bruder.«

Der Anführer des Trupps seufzte und schüttelte den Kopf. »Die Frage war rhetorisch gemeint.«

Oho, einer der drei kennt das Wort ›rhetorisch‹, wunderte sich Axel im Stillen. Er selber kannte es ebenfalls, weil er sehr viel las und für einen Zwölfjährigen schon ziemlich weit war. Auf jeden

Fall sagte Mutter das immer, wenn sie sich darüber unterhielten, welches Buch sich am besten eignete, als Nächstes gelesen zu werden.

All die anderen Dinge, für die sich Zwölfjährige für gewöhnlich nicht interessierten – Kunst, Geschichte und Mythologien zum Beispiel –, brachte Tante Charlie ihm bei. Und sie tat es unermüdlich und voller guter Laune, die immer wieder auf ihn abfärbte.

Charlie war spitze. Sie lebte schon, solange er sich erinnerte, im Anliegerhaus des Groot-Anwesens und war, wie es schien, rund um die Uhr für ihn da. Auf diese Weise unterstützte sie Axels Eltern, die ihr vor Langem einmal aus einer beträchtlichen Klemme geholfen hatten.

Die spleenige – ja, auch dieser Begriff war ihm bekannt – Dame mit den dicken geflochtenen Zöpfen und der randlosen Brille verbrachte viel Zeit mit ihm, denn Freunde, die ihn besuchten, waren Mangelware. Normalerweise störte ihn das nicht. Er war gerne mit sich allein, las seine Geschichten, tollte durch die Felder und Wälder und war froh, sein eigener Herr zu sein und sich niemandem unterzuordnen.

»Ich will euch sagen, was wir da vor uns auf dem Boden sehen«, rief Frank und ließ Axels Überlegungen wie eine Seifenblase zerplatzen.

»Das da«, fuhr der ältere Hoverlandt fort, »ist eine miese kleine, verräterische Ratte. Eine Petze, der es besonderen Spaß bereitet, andere – und damit meine ich vor allem mich – vor meinem Alten in Schwierigkeiten zu bringen.«

»Das ist nicht wahr«, widersprach Martin mit zittriger Stimme. Er war für Axel nach wie vor nicht zu sehen. »Ich habe Papa nichts gesagt. Ich weiß nicht, woher er das mit den Zigaretten wusste. Ich habe …«

Der Rest des Satzes endete in einem ächzenden Laut. Ohne jeden Zweifel war Franks fieser Tritt, den er seinem Bruder verpasste, die Ursache dafür.

»Schnauze«, bellte dieser und Zornesröte flammte in dem langen Gesicht auf. »Petzen haben das Maul zu halten, wenn ich was erkläre.« Ein weiterer Tritt folgte und diesmal schrie Martin vor Schmerz auf, so hart wurde er getroffen.

Axel, der angefangen hatte, sich mit langsamen Bewegungen rückwärts zurückzuziehen, zuckte zusammen. Er selber war Frank oder anderen ähnlichen Mistkerlen wie ihm ebenfalls schon oft genug in die Fänge geraten und wusste daher nur zu gut, wie man sich fühlte, wenn sie einen durch die Mangel drehten. Auch er hatte solch fiese Tritte erhalten, und so versetzte er sich völlig problemlos in den armen Martin hinein.

»Es ist mir egal, wie du versuchst, dich herauszureden. Ich weiß, dass du ihm gesteckt hast, dass ich rauche und dass ich die Stangen geklaut habe. Ich weiß es, ich weiß es, ich weiß es …«

Die letzten Worte stieß Frank dermaßen laut hervor, dass Axel sich fragte, warum niemand ihn hörte und eingriff.

Ganz einfach, antwortete er sich umgehend im Gedanken, *weil wir hier am Arsch der Welt sind. Deshalb habe ich mir diesen Platz ja ausgesucht. Zum ungestörten Lesen.*

Das hatte er nun davon. Er hatte sich nur gewünscht, in Ruhe gelassen zu werden. Hier, in der Abgelegenheit nahe dem Fluss.

Und jetzt? Drohte ihm schon wieder Ärger. Und das, obwohl er dem Drängen seines Vaters nachgegeben hatte und sich seit einigen Monaten von ihm in der Boxkunst unterweisen ließ.

Er gab es nicht gerne zu, denn er widersprach dem alten Herrn prinzipiell zunächst einmal in fast allem, doch das Training hatte gefruchtet.

Gegen einige ebenjener Spinner, die meinten, sie könnten ihn herumschubsen, weil er sich für Fantasyromane, Science-Fiction oder aber Geschichten über verschiedene Göttergeschlechter interessierte, hatte er sich seitdem erfolgreich zu Wehr gesetzt. Im Großen und Ganzen mieden sie ihn mittlerweile wie die Pest und guckten ihn mit dem Arsch nicht mehr an. Was gut, nein sogar hervorragend war.

Außerdem, und das gestand er sich ebenfalls ein, bereitete ihm das Training mit seinem Vater wirklich sehr viel Spaß. Piet Groot war nicht nur ein ausgezeichneter Boxer, er war auch ein toller Lehrmeister, der anfallende Lektionen mit kuriosen Einfällen und Witz würzte.

Ein weiterer, abgehackter Schrei erklang. Er schnitt Axel tief in die Seele und schürte gleichzeitig die Glut einer neuen Angst in ihm. Bei dieser ging es nicht um ihn, sondern vielmehr um Martin, der nicht über das Wissen hinsichtlich Uppercuts, Jabs und das Auspendeln von gegnerischen Attacken verfügte.

Leider wusste Axel nur zu gut, wie sich das anfühlte, was der kleine Hoverlandt im Moment durchmachte. Frank und seine Häscher ließen einen erst dann wieder laufen, wenn man am Ende war. Wenn man tat, was sie von einem verlangten, was manchmal extrem ekelig wurde – da brauchte er nur an den armen Kaschi Lehmann zu denken, der Klowasser getrunken hatte –, oder wenn man letztendlich wie ein Baby heulte.

»Schnauze, du dreckiges Wiesel.« Franks Stimme steigerte sich zu einem sich überschlagenden Brüllen. Er beugte sich vor und riss seinen mageren Bruder abermals in die Höhe.

Axel meinte, einen dünnen Blutfaden zu erkennen, der aus Martins Mundwinkel sickerte.

»Das war echt das letzte Mal, dass du mich verraten hast.« Die flache Hand des älteren Hoverlandts klatschte wuchtig gegen die Wange des Schwächeren und schüttelte ihn regelrecht durch.

Sofort färbte die Haut sich puterrot. Tränen und Rotz jagten in dicken Tropfen durch die Luft.

»Ich habe dich so oft gewarnt, aber du wolltest ja nicht hören.« Ein weiterer Hieb traf den armen Martin, dem ein Laut entfuhr, der entfernt an das Jaulen eines gepeinigten Hundes erinnerte.

Jedes Mal, wenn Ohrfeige auf Ohrfeige folgte und den Hilflosen durchschüttelte, zuckte Axel zusammen. Ihm war, als prasselten die Schläge auf ihn ein.

Er vermeinte sogar, ein Brennen auf den Wangen zu spüren. So biss er sich fest auf die Unterlippe und kam zu einem wichtigen Entschluss.

Axel Groot erhob sich, straffte sich, bis er zu seiner vollen – Frank, Arno und Bernie gegenüber nicht sonderlich beeindruckenden – Größe aufgerichtet war, holte tief Luft und rief: »WIE WÄRE ES, WENN IHR FEIGEN BASTARDE EUCH EINEN GEGNER SUCHT, DER EUCH GEWACHSEN IST?«

Sofort richteten sich drei Augenpaare auf ihn, fixierten ihn, zum Teil ungläubig, zum Teil voller Wut über die Störung, die sein Zwischenruf darstellte.

Und im selben Moment wurde ihm klar, dass er, auch wenn er richtig handelte und sich für den Schwächeren einsetzte, ganz klar etwas tat, was er schwer bereuen würde …

3. Kapitel

Vergangenheit: Samstagabend, Gemeinde- und Kulturzentrum Norden, kurz GeKuNo

Eine Hand legte sich auf Axel Groots Schulter.

Der Hauptkommissar zuckte unter der Berührung zusammen und machte Anstalten, auf dem Absatz herumzuwirbeln, doch eine freundliche Männerstimme ließ ihn mitten in der Bewegung verharren und sorgte dafür, dass er sich merklich entspannte.

»Du meine Güte, stehst du eigentlich immer so massiv unter Strom?«

Es schwang unüberhörbarer, aber dennoch wohlwollender Spott in der Frage mit, und Axel, dem beides nicht entging, erlaubte sich ein schmales Lächeln, ehe er den Kopf umwandte und den Sprecher direkt ansah.

»Gib einem überarbeiteten und zugleich unterbezahlten Polizisten ein bisschen Zeit, um in Partylaune zu kommen. Ich bin gerade erst angekommen.«

Noch ehe der Besitzer der Hand, die nach wie vor schwer auf der Schulter ruhte, zu antworten vermochte, meldete sich eine weibliche Stimme zu Wort.

»*Wir* sind gerade erst angekommen«, stellte sie um einen Hauch zu schnippisch klingend klar. »So viel Zeit muss einfach sein, mein Junge.«

Axel seufzte. Ja, er hatte einen schier unverzeihlichen Fehler begangen, als er seine charmante Begleitung unterschlug.

»Tut mir leid, Charlie«, erwiderte er und gab sich dabei betont zerknirscht. »Wie konnte ich nur vergessen zu erwähnen, dass *wir* soeben hier angekommen sind?«

»Vielleicht, weil ich Augen im Gesicht habe und sehen konnte, dass du mit der überaus bezaubernd aussehenden und gleichzeitig so gekonnt schlagfertigen Charlotte Thaler hier aufgeschlagen bist«, erklärte Martin Hoverlandt und präsentierte sein wohl breitestes Grinsen. Fast wirkte er wie der kleine, schmächtige Zwölfjährige, der immer genau gewusst hatte, wie er Charlie auf seine Seite brachte.

»Der Martin«, meldete sich die ehrenwerte Frau Thaler zu Wort, »ein Charmeur wie eh und je. Es kommt mir so vor, als sei nicht ein Tag vergangen seit eurer Schulzeit.«

Die Mundwinkel des jüngsten Hoverlandt-Nachkommen ruckten kaum merklich in die Tiefe. Es kam Groot so vor, als vereise sein Lächeln. »Na ja, ein paar Dinge haben sich doch geändert. Ich glaube, weder Axel noch ich bekommen heute noch oft die Hosenböden strammgezogen.«

Bei der Erinnerung an die weniger erfreulichen Aspekte ihrer gemeinsamen Jugendtage legte sich ein Eisenring um die Brust des Hauptkommissars. Gleichzeitig glitt sein Blick über die Menschenmassen, die die feierlich dekorierte Haupthalle des Gemeinde- und Kulturzentrums Norden – kurz GeKuNo – ausfüllten.

Er spürte regelrecht, dass der Grund sowohl für ihre damalige Pein als auch für die gegenwärtige düstere Einfärbung ihrer Stimmung sich hier herumtrieb. Aber sosehr er die Pupillen weitete, es war ihm nicht möglich, Frank Hoverlandt im allgemeinen Getümmel der Partygäste auszumachen.

Dafür wurde ihm wieder einmal klar, warum er für gewöhnlich solcherlei Feiern mied.

Es war zu viel los. Die Menge war in steter Bewegung, was Unruhe auf die Umgebung und somit auf ihn übertrug. Von allen Seiten drangen Stimmen auf ihn ein. Es wurde gelacht, gerufen, gegackert und sich scheinbar in jedweder Art und Weise, die nur möglich war, artikuliert.

Vielleicht war er über die Jahre hinweg zu empfindlich geworden, als dass er die Gegenwart von so vielen anderen – hauptsächlich fremden – Menschen zu ertragen in der Lage gewesen wäre.

Diese Erkenntnis gefiel Axel überhaupt nicht, aber er war es gewohnt, mit sich selbst hart zu sein, und dazu gehörte es, Überlegungen anzustellen, die einen mit manch hässlicher Tatsache konfrontierten.

»Erde an Groot«, sprach Martin ihn an. Das Grinsen auf seinen Lippen hatte wieder die Oberhand gewonnen. »Woran denkst du gerade?«

»Wahrscheinlich geht ihm soeben durch den Kopf, ob sich hier auf diesem Fest irgendwelche Straftäter aufhalten und eine verbrecherische Verschwörung planen.«

Charlie Thalers spitzer Kommentar verfehlte nicht seine Wirkung. Sie weilte erst seit wenigen Wochen wieder in Norden. Sie war in ihre ostfriesische Heimat zurückgekehrt, nachdem sie mehrere Monate bei ihrer Schwester gelebt hatte. Zuvor hatte sie in diversen Telefonaten eine gewisse Unsicherheit zum Ausdruck gebracht, ob sie jemals zurückkehren würde.

Aber zum Glück – vor allem für Axel, ihren »Quasi-Sohn« – hatte sie sich kurzfristig umentschieden und war wieder in die Anliegerwohnung des Groot-Anwesens eingezogen.

Der Hauptkommissar hätte es verstanden, wenn sie ihrem ursprünglichen Plan treu geblieben wäre. Immerhin hatte sie in einer grausigen, schicksalhaften Nacht vor einigen Jahren Schreckliches durchmachen müssen.

Die von Rache besessene Karo Lenhuus hatte sie gefangen genommen und beinahe ermordet, als sie blutige Genugtuung für den Tod ihrer Schwester Kris Willers forderte.

Zu vieles in Norden, hauptsächlich aber wohl in seiner Gegenwart, hatte Charlie an diesen Horror erinnert, und so hatte es lange Zeit auf der Kippe gestanden, ob sie wieder nach Hause kam oder nicht.

Doch dann, wie gesagt, vor ein paar Wochen war sie in einer Nacht-und-Nebel-Aktion heimgekehrt und hatte, ohne irgendeine weitere Erklärung abzugeben, an ihr altes Leben angeknüpft.

Nein, korrigierte Axel die eigenen Gedankengänge, *sie hat eine abgegeben. Aber die war kurz und bündig.*

»Ich bin wieder da«, hatte sie gesagt, als sie ihm in der Auffahrt zum Gebäude gegenüberstand. »Stell keine unnötigen Fragen deswegen und finde dich damit ab.«

Charlie hatte in ihrer Abwesenheit einige Veränderungen an sich selbst vorgenommen. Durch vermehrten Einsatz diverser Fitnessgeräte hatte sie rund zehn Kilo eingebüßt und wirkte erstaunlich durchtrainiert. Zudem trug sie die Haare mittlerweile modisch kurz und hatte die stark umrandete Brille gegen ein rahmenloses Modell eingetauscht. Zusammen mit dem eng anliegenden Chiffonkleid und dem dezenten Make-up strahlte sie das Flair einer mindestens zwanzig Jahre jüngeren Frau aus.

Wenn sie es darauf anlegt, wird sie heute Abend die Herzen einiger Verehrer brechen.

»Wie sieht's aus?«, fragte Charlie und unterbrach Axel in seinen Überlegungen. »Gibt es schon was zu trinken, oder müssen wir erst noch eine Menge Reden über uns ergehen lassen?«

Martin lachte. Es klang eine Spur zu säuerlich, um herzhaft zu sein. »Natürlich können wir unsere Kehlen befeuchten«, erklärte er. »Die einzige Rede des heutigen Abends wird mein Vater halten, und der lässt noch etwas auf sich warten.« Er sah sich suchend um. »Es gibt verschiedene Stellen, an denen eine Vielzahl flüssiger Köstlichkeiten ausgeschenkt wird.« Er deutete mit dem Daumen über die Schulter. »Hinter mir befindet sich eine Cocktailbar.« Dann streckte er den Zeigefinger in die entgegengesetzte Richtung aus. »Dort drüben gibt es Handfesteres. Whisky, Bier, verschiedene Schnäpse, aber auch Cognac und Champagner und so.« Schließlich wies er mit der flachen Hand nach links. »Und dort werden Sie reichlich mit alkoholfreien Genussmitteln versorgt, wenn Sie es wünschen.«

Charlie Thaler verzog das Gesicht. »Ich gehöre nicht zu denen, die unbedingt immer harte Getränke brauchen, aber heute habe ich meine Abstinenz zu Hause gelassen. Ich brauche etwas Rauchiges, am besten aus Schottland.«

Martin nahm Haltung an. »Ich verstehe, gnädige Frau. Damit kann nur ein hervorragender Scotch gemeint sein. Ich erlaube mir, Sie an die entsprechende Bar zu geleiten.« Sein Blick wanderte zu Axel. »Wenn sich der Herr uns bitte anschließen möchte.«

Der Hauptkommissar winkte ab. »Der Herr wird später zu euch stoßen. Er will sich erst einmal ein wenig umsehen.«

»Ach, komm schon«, maulte Charlie und klang wie ein kleines Mädchen, dem man verboten hatte, in eine Schüssel mit Süßigkeiten zu greifen. »Wir sind hier auf einer Party. Du musst nicht nachsehen, ob alles in Ordnung ist.«

»Sie hat recht«, stimmte Martin ihr zu. »Mein Alter hat einen hervorragenden Sicherheitsdienst engagiert. Die haben hier alles im Griff. Ach, was erzähle ich dir da? Das weißt du wahrscheinlich viel besser als ich. Du kannst dich also entspannen.«

Wie gern hätte Axel nachgegeben und sich mit der Menge durch einen angenehmen Abend treiben lassen. Aber er kam nicht aus seiner Haut. Die Vergangenheit hatte ihn gelehrt, nie vollends abzuschalten. Ehrlich gestanden wusste er nicht einmal, ob er dazu überhaupt in der Lage war.

Einfach abschalten und den Privatmann geben – es wäre zu schön, wenn das funktionieren würde.

»Ich weiß, dass ich mich nicht umsehen muss … aber ich will es.« Er legte den Kopf schief und sah Charlie an. »Ich drehe eine Runde, versuche, ein paar Worte mit Hilka zu wechseln – zumindest, wenn ich sie in diesem Trubel ausmachen kann –, und bin dann im Nu bei euch.« Er hob die Augenbrauen. »Einverstanden?«

Charlotte Thaler presste die Lippen zusammen und verdrehte die Augen. Als Nächstes hakte sie sich bei Martin unter. »Lass uns gehen. Der alte Griesgram kann nicht aus seiner Haut.«

Mit diesen Worten schleifte sie Axels Freund förmlich davon und verschwand im Getümmel der Gäste, die sich hier versammelt hatten, um den Geburtstag des Hoverlandt-Familienoberhauptes zu feiern.

Groot spürte kurz einen schmerzhaften Stich in der Brust. Er bedauerte, dass er die beiden mit seiner angespannten Stimmung belastete und sich wie ein Spielverderber aufführte, aber er war nicht hier, um sich zu amüsieren … oder zumindest nicht nur. Er war gekommen, um im Bedarfsfall Hilka Martens zur Seite zu stehen, die sich ebenfalls im GeKuNo aufhielt. Sie war nicht als Privatperson zugegen, sondern dienstlich mit besonderem Auftrag.

Sie war ebenso wie Rainer Dyssen zur Unterstützung der privaten Sicherheitskräfte angefordert worden. Diese Anforderung war eine direkte Reaktion auf ein langes Telefonat. Uwe Hoverlandt, der Jubilar des heutigen Abends, hatte es mit jemandem geführt, dessen Dienstgrad und Gehaltsstufe weit über der von Axel und Hilka lag und der ohne große Probleme entsprechende Vorkehrungen anzuordnen vermochte.

Groot wunderte sich, dass er nicht angefordert worden war, konnte aber lediglich Vermutungen darüber anstellen, wonach ihm im Augenblick überhaupt nicht der Sinn stand.

Stattdessen bahnte er sich einen Weg durch die teilweise dicht gedrängten Menschenmassen und hielt nach der Kommissarin und dem rothaarigen Kommissaranwärter Ausschau.

Eine moderne Lichtanlage ließ Scheinwerferstrahlen durch den festlich geschmückten Raum huschen, sodass die Konturen der Anwesenden flackerten und verschwammen. Das erleichterte Axels Suche nicht unbedingt. Außerdem spielte eine zehnköpfige Band ununterbrochen ihre abgeschmackt klingenden Coverversionen von internationalen Hits aus den letzten vierzig Jahren. Zahlreiche im Raum verteilte Lautsprecher dröhnten und verwandelten die Stimmen der Gäste in unverständliches Hintergrundgemurmel, was es zusätzlich erschwerte, eine bestimmte Person zu finden.

Trotzdem sah er das eine oder andere bekannte Gesicht. Er entdeckte Hauptkommissar Tjark Oltmann, den Leiter des Polizeikommissariats Norden, der inmitten einer kleinen, bunt gemischten Gruppe elegant gekleideter Damen und Herren stand und alle – vermutlich mit einem seiner berüchtigt-deftigen Witze – zum Lachen brachte. Der Hüne mit den eisgrauen Haaren erblickte Axel und bedeutete ihm, zu ihnen zu kommen, doch Groot schüttelte den Kopf und zog des Weges.

Er kam keine fünf Schritte weit, als ihm eine andere bekannte Person über den Weg lief, oder besser gesagt, entschlossen entgegentrat. Die hochgewachsene, schlanke Frau mit den weißblonden Haaren war ihm bislang nur einmal leibhaftig begegnet. Vor ein paar Monaten, als er mit seinem Team den Tätern im Mordfall Sofia Biro auf die Spur gekommen war.

Rita Karst war damals auf der Liste der Tatverdächtigen gelandet und hatte sich zuvor einer – im wahrsten Sinne des Wortes – intensiven Befragung durch Hilka Martens unterzogen. Die nach außen hin erfolgreiche Betreiberin einiger Kampfsportschulen und Fitnesscenter und die Kommissarin hatten sich nicht nur an einen Tisch gesetzt und miteinander geredet. Nein, das wäre beiden zu langweilig erschienen. Stattdessen bearbeiteten sie sich beim Austausch von Fragen und Antworten im Rahmen eines Sparrings im Kampfring mit Fäusten und Füßen. *Über den Ausgang dieses Aufeinandertreffens hüllen sich bis heute alle Beteiligten und Anwesenden in Schweigen,* überlegte Groot und lächelte. Ihm kamen die deutlichen Spuren in den Sinn, die diese Begegnung auf Hilkas Gesicht hinterlassen hatte.

»Herr Hauptkommissar«, gurrte Rita Karst beim Näherkommen. Sie trug eine dunkle Hose und einen dazu passenden Anzug. Unter der Jacke blitzte ein rotes Top auf, dessen Farbe perfekt mit der Rose harmonierte, die im Reversloch steckte. Sie trug schwarze Stilettos, die ihr noch einmal knapp fünf Zentimeter zusätzlicher Körpergröße verliehen.

Obwohl sie geschmeidige Maskulinität ausstrahlte und ihn so etwas bei einer Frau eher abschreckte als anzog, kam Axel nicht umhin zuzugeben, dass ihr das Outfit hervorragend stand. »Wie schön, Sie zu sehen.«

»Freut mich auch«, erwiderte er, auch wenn ihm eine andere Antwort auf der Zunge lag.

Er versuchte sie zu passieren, doch Rita Karst glitt schnell und geschmeidig zur Seite und versperrte ihm den Weg.

Wow, die ist flink auf den Beinen, stellte er beeindruckt fest. Er seufzte kurz, blieb allerdings stehen und hob den Kopf, um seinem Gegenüber in die Augen zu sehen. Durch die Wahl ihres speziellen Schuhwerks überragte sie ihn um eine Handbreite. *Was immer sich zwischen ihr und Hilka im Ring abgespielt hat, es ist blitzschnell abgelaufen.*

»Gibt es noch etwas?«, fragte er.

»Ich habe nachgedacht«, entgegnete Rita Karst. In ihrer Rechten hielt sie ein schlankes Cocktailglas. Der rote Drink verströmte Limettenduft.

Axel seufzte erneut. »Und worüber?« Er hoffte, dass die vor der Brust verschränkten Arme signalisierten, dass er keine Lust auf das Gespräch hatte.

Aber wenn die Karst normalerweise in der Lage war, solch subtile Signale wahrzunehmen, dann schien die Fähigkeit nun zu versagen. Sie redete munter weiter.

»Wie kommt es, dass Sie heute Abend hier sind? Sie waren es doch, der Uwe Hoverlandts älteren Sohn ins Gefängnis gebracht hat.« Sie nahm einen Schluck.

»Sie stellen eine sehr gute Frage«, gab er zu.

»Und, wie lautet die Antwort?«

Ein Blick in die dunklen Augen der Frau, die ein ausdrucksstarkes Zentrum in ihrem gebräunten Gesicht bildeten, verriet Groot zweierlei. Sie war einerseits an einer ehrlichen Antwort auf diese Frage interessiert, hatte aber im Gegenzug schon genug von ihrem jetzigen Drink – und einigen davor – genossen, um eine gewisse Lockerheit an den Tag zu legen.

Außerdem erfüllte Axel das ungute Gefühl, dass sie im weiteren Verlauf des Gesprächs oder des Abends den Versuch wagte, ihn in ihr Bett zu bekommen.

»Darauf antworte ich lieber nicht«, sagte er. Sein Geduldsfaden verdünnte sich zusehends. Nicht mehr lange und er würde reißen und ihn höchstwahrscheinlich dazu bringen, Rita Karst härter ins Gebet zu nehmen.

Was ihr vielleicht sogar gefällt, und das wäre furchtbar, denn dann bestünde die Gefahr, dass ich sie nicht loswerde.

»So? Darauf wollen Sie nicht antworten?« Die Kampfsportexpertin kicherte wie ein kleines Mädchen und leerte das Glas schwungvoll. Ein paar Tropfen landeten auf Groots Smokingrevers.

»Ich hätte nicht gedacht, dass Sie so ein Spießer sind und sich schämen, darüber zu reden, dass Sie dem alten Hoverlandt mit der Verhaftung seines Sohnes einen großen Gefallen getan haben.«

»Glauben Sie etwa, ich hätte mich vom Senior irgendwie bestechen oder kaufen lassen?«

Axels genervt-gleichgültige Haltung Rita Karst gegenüber verflog wie durch Zauberei. Ein kurzer Ruck durchfuhr ihn wie nach einem milden Stromschlag, und er presste die Kiefer so fest aufeinander, dass es leise knirschte.

Es gab so vieles, worüber er bereit war zu scherzen und wovon er sich nicht aus der Ruhe bringen ließ. Wenn ihm aber jemand direkt oder durch dezente Andeutungen unterstellte, er sei korrupt, dann schossen bei ihm alle Wutpegel in Sekundenbruchteilen auf das absolute Maximum.

Rita Karst erstarrte für einen Moment. Es schien, als hätte sie etwas in seinem Blick gesehen, das ihr klarmachte, dass es jetzt besser war, nicht nachzutreten. Sie überwand die Starre schnell und hob beschwichtigend die Hände.

»Es tut mir leid, Herr Groot, das war eine dumme Bemerkung. Ich bitte um Verzeihung. Ich habe nicht gemeint, dass Uwe Hoverlandt Sie um einen Gefallen gebeten hat, dem Sie nachgekommen sind, sondern dass Sie ihm unwissentlich mit der Inhaftierung seines Sohnes geholfen haben. Es wurde damals schon länger gemunkelt, dass Frank in der Firma zu viel Einfluss gewann und sich zu viele Freiheiten herausnahm.«

»So«, murmelte Axel nur. Er verengte die Augen zu Schlitzen. »War das so?«

»Allerdings.« Rita Karst schien den leichten Rausch, dem sie sich eben noch hingegeben hatte, völlig losgeworden zu sein. »Und das Gleiche passiert jetzt gerade. Ich denke, das sollten Sie wissen.«

Groot war ehrlich genug, um zuzugeben, dass sich das Gespräch mit der weißblonden Amazone aus Bremen langsam positiv entwickelte. Dass Frank Hoverlandt kurz vor seiner Verhaftung im Familienbetrieb nicht unbedingt gut gelitten war, ja sogar für schädlich gehalten worden war, hatten die Mitarbeiter der Kripo Norden seinerzeit während der Ermittlungen im Mord mit dem Friesenschwert herausgefunden. Das war kalter Kaffee, der dem Hauptkommissar nur ein müdes Gähnen entlockte. Allerdings war Karsts Bemerkung zu entnehmen, dass Frank erneute Versuche zur Einflussnahme in der Firma gestartet hatte, und das, obwohl der alte Hoverlandt ganz bestimmt Maßnahmen eingeführt hatte, um ebendieses zu verhindern.

Und da wurde er nur zu gerne hellhörig.

»Wie wär's, wenn Sie mir ein bisschen mehr davon erzählen?«, fragte Axel und hoffte, dass der sanfte Ton, den er wählte, dabei half, das Eis zwischen ihnen beiden zu brechen, auch wenn er eben ein wenig streng mit ihr umgegangen war.

Aus den Augenwinkeln sah er, wie Hilka Martens und Rainer Dyssen gemeinsam durch die Menge schlenderten und die Umgebung aufmerksam beobachteten.

Vor ein paar Minuten hast du nach ihnen gesucht, dachte er und schüttelte den Kopf, *aber egal, das hier ist interessanter.*

Er reichte seiner weißblonden Gesprächspartnerin den rechten Arm und deutete in Richtung Cocktailbar. »Lassen Sie uns das Gespräch unter angenehmeren Bedingungen fortsetzen.«

»Ich habe nichts dagegen«, murmelte Rita Karst und hakte sich ein. »Nicht im Geringsten.«

4. Kapitel

Vergangenheit: Sommer 1991, immer noch am Ufer des Marschtiefs

Nachdem er sich lautstark ins Spiel gebracht hatte, umringten Bernie, Arno und Frank ihn in Sekundenschnelle, wobei Letzterer den wimmernden Martin achtlos hinter sich her zerrte.

»Na, wen haben wir denn da?«, kicherte der Anführer der Dreierbande.

»Ist das nicht der Sohn vom Feldbullen?«, fragte Delfs, während sich auf seinem Gesicht wieder jener verblödete Ausdruck ausbreitete, über den sich alle Mitschüler in den Pausen lustig machten. Natürlich nur, wenn der massige Kerl ihnen den Rücken zudrehte und nichts davon mitbekam.

»Du sagst es«, zischte Arno und steckte die Daumen in die Hosentaschen. Irgendjemand hatte ihm mal gesagt, dass das cool aussähe, und bis jetzt war ihm nicht aufgefallen, dass das überhaupt nicht stimmte.

Franks Stirn runzelte sich. »Tja, dann müssen wir wohl brav sein und tun, was der Arsch von uns will, oder?« Abwechselnd sah er seine beiden Kumpels an. Axel atmete tief durch. Die Dödel durften nicht merken, dass ihm das Herz bis zum Hals schlug und er am liebsten weggelaufen wäre.

Aber allein die Tatsache, dass Frank und sein kleiner Trupp ihn umzingelt hatten, ließ jeden Fluchtversuch aussichtslos erscheinen. Axel war zwar ein ausgezeichneter Sprinter und besaß ebenso Talent für die Langstrecken, doch unter diesen Umständen war es unmöglich, den älteren Jungs zu entkommen. Außerdem hatte er sich vorgenommen, tapfer zu sein und Martin zu helfen.

Worte, die sein Vater Piet Groot vor einiger Zeit an ihn gerichtet hatte, klangen ihm in der Erinnerung nach.

Sobald ein Groot sich etwas in den Kopf setzt, hält er durch. Komme, was wolle.

Oft genug ärgerte sich Axel über solche Sprüche, vor allem wenn sein Vater sie oft … viel zu oft zum Besten gab.

Aber dieses Mal war er entschlossen, nicht weich zu werden. Es war nicht nur so, dass es ihn anwiderte, dass Frank Hoverlandt meinte, tun und lassen zu können, was ihm in den Sinn kam.

Es ging ihm um dessen Bruder.

Der Anblick, wie Martin wimmernd am Boden lag, mit verquollenen Augen, schmutzigem Gesicht und teilweise zerrissenen Kleidern, schnitt ihm tief ins Herz. Da war etwas in ihm, das sich rührte und ihm zuflüsterte nicht wegzulaufen, sondern dem kleinen Kerl in dieser schweren Stunde zur Seite zu stehen. Auch wenn das bedeutete, dass er gleich eine derbe Tracht Prügel einstecken würde.

»Lass ihn los, Frank«, knurrte Axel und versuchte bedrohlich zu wirken.

Was völliger Blödsinn ist, schoss es ihm durch den Kopf. *Ich bin nur ein kleines bisschen größer als Martin.*

Er unterdrückte mühsam den Impuls, hart zu schlucken oder zu blinzeln.

Wenn du nur den Hauch einer Chance haben willst, hier unbeschadet rauszukommen, darfst du die drei Arschlöcher keine Sekunde aus den Augen lassen.

»Hört mal«, lachte Frank, »der Herr Feldbullensohn sagt mir, was ich tun soll. Ich soll meinen kleinen Bruder, diesen feigen Pisser, loslassen, weil er mir sonst …« Ein gefährlicher Glanz trat ihm in die Augen. »Ja, was denn eigentlich? Was wirst du tun, wenn ich Martin nicht loslasse, sondern ihn vielmehr …« Mühelos riss er den Kleinen nach oben, sodass er nur mit den Fußspitzen den Boden berührte, während sein restlicher Körper in einer Schräglage gehalten wurde. »… weiter verprügle?«

Kaum waren die letzten Worte gesprochen, da schoss die flach ausgestreckte Rechte auf Martins Gesicht zu. Es klatschte, als die Ohrfeige den Kopf zur Seite schleuderte und ihn regelrecht durchschüttelte. Gleichzeitig ließ sein Peiniger ihn los.

Axel trat automatisch vor. Das Buch seines Vaters fiel zu Boden. Er hatte sich daran in den letzten Minuten wie an einen Rettungsanker festgeklammert. Blitzschnell streckte er die Arme aus und fing den kleinen, schmächtigen Mitschüler auf.

RUMMS, eine Faust traf den jungen Groot hart am Kiefer und ließ ihn zur Seite taumeln. Die Welt um ihn herum verwandelte sich in ein Karussell. Er stolperte, fiel auf die Knie und kassierte den nächsten Treffer. Einen hundsgemeinen Tritt in den Magen, der ihn herumwirbelte.

Immer den Kopf schützen und zusammenrollen, wenn es zu viele Gegner sind, vernahm Axel im Gedanken abermals einen Ratschlag seines Vaters, den dieser ihm vor einigen Monaten bei einer ihrer gemeinsamen Trainingseinheiten mitgegeben hatte.

Er tat es, ohne nachzudenken oder zu zögern. Zum Glück, wie sich sogleich herausstellte, denn schon prasselten weitere Schläge und Tritte auf ihn ein.

Begleitet vom begeisterten Gejohle der drei älteren Jungen.

5. Kapitel

Vergangenheit: Samstagabend, GeKuNo – abseits des Partyrummels

»Ich kann da nicht raus«, schimpfte der grauhaarige Mann mit dem überdimensionalen Schnurrbart, der ihn wie ein mürrisches Walross aussehen ließ. In seinen dunklen, eng stehenden Augen blitzte es vor Zorn. Dabei fuchtelte er mit einigen beschriebenen Blättern Papier herum. »Diesen Mist lese ich nicht vor.« Ein durchdringendes Keuchen folgte, während sein Blick umherschweifte, als suche er ein Ziel, auf das er einen Haufen Boden-Luft-Raketen abfeuern könnte.

»Wo ist diese Steffen, die sich diesen Müll ausgedacht hat? Ist es nicht schlimm genug, dass Karsten Brunner heute Abend nicht hier ist? Wie kann man sich ausgerechnet kurz vor einem solchen Großereignis mit Covid anstecken?«

Ungewollt schaute sich Hilka Martens ebenfalls im Büro um. Sie stand nur wenige Meter von dem wütenden Mann entfernt. Normalerweise residierte hier der Leiter des GeKuNo, doch er hatte es Uwe Hoverlandt und seiner Entourage zur Verfügung gestellt.

Es war schon erstaunlich, wie viele verschiedene Menschen der an sich öffentlichkeitsscheue Großunternehmer an sich heranließ. Neben der Kommissarin, dem Kommissaranwärter Rainer Dyssen und ihm selbst hielten sich weitere fünf Personen – drei Männer und zwei Frauen – in seiner unmittelbaren Umgebung auf und wuselten wild und scheinbar planlos durcheinander.

Hilka hatte etwas gebraucht, um in den chaotisch anmutenden Abläufen in diesem Raum ein koordiniertes System zu erkennen. Und das gab es tatsächlich.

Vielleicht hatte sie sich damit schwergetan, weil sie nach wie vor von kalter Wut erfüllt war, da man sie von höchster Stelle aus, praktisch gegen ihren Willen, zu der Personenschutzaktion abkommandiert hatte.

Eine lebhafte Frau mit einem Undercut, die linke Hälfte ihrer Haare grün, die rechte rosa gefärbt, eilte hin und her, zumeist begleitet von einem magersüchtigen Mann – wohl ihrem Assistenten –, dem man ansah, dass die meisten seiner Vorfahren aus Asien stammten.

Die beiden – sie hießen Gina Melora und Ken Tagu – waren für Hoverlandts Aussehen verantwortlich. Sie kümmerte sich soeben um die schüttere Frisur und ein dezentes Make-up, das ihn wohl etwas jünger und vitaler erscheinen lassen sollte. Er reichte ihr nach einer barschen Aufforderung die Utensilien, die sie für dieses eher aussichtslose Unterfangen benötigte.

»Wimpernbürste«, bellte sie und schnippte ungeduldig mit den Fingern.

Ein weiterer Mann, hochgewachsen, dunkelhaarig und auf unaufdringliche Weise gut aussehend, schaute nachdenklich auf einen Tablet-PC und runzelte die Stirn. Er trug ein dunkles, elegant geschnittenes Jackett, auf dessen Brusttasche in goldenen Lettern der Name der Sicherheitsfirma CUSTODIA gestickt war. Er unterhielt sich mit einem seiner Kollegen in grünem Hemd und schwarzer Weste, auf der derselbe Name zu lesen war.

Der Anzugträger hieß Hagen Wilmert und war Chef des Unternehmens, das den Löwenanteil der Sicherheitsaufgaben in Hoverlandts Umfeld übernahm. Und er war der Grund für Hilkas Ärger, denn er hatte darauf bestanden, dass neben zwei Dutzend seiner Leute auch eine zivile Polizeitruppe anwesend zu sein hatte.

Wenn er nur nicht so sympathisch erscheinen und gut aussehen würde, dachte die Kommissarin und erschrak leicht wegen dieser Überlegung.

Nun, es war längst kein Geheimnis mehr, dass sie sich, je nachdem, wohin der Strom der Leidenschaften sie trug, sowohl zu Vertretern des männlichen, aber auch des weiblichen Geschlechts hingezogen fühlte.

Es überraschte sie doch, dass jemand ihr Interesse erweckte, der ihr in den letzten zwei Wochen nur Ärger bereitet und sie bei der Ausübung ihrer eigentlichen Arbeit behindert hatte.

Vielleicht wälze ich lieber einen Teil meines Grolls auf Lenski ab, überlegte sie und ertappte sich selber beim Schmunzeln. Ja, das war womöglich eine hervorragende Idee. Der Leiter des

LKA-Ressorts »Sonderermittlungen« passte deutlich besser auf die Position des Spielverderbers vom Dienst.

»Na, Frau Martens?«, raunte eine Stimme in ihr Ohr und ließ sie aus ihren Überlegungen schrecken. »Verlieren wir uns ein wenig in erotischen Tagträumen?«

Veronica Hoverlandt, die vierte Ehefrau des Jubilars, aufgrund ihrer wasserstoffblondgefärbten Haare ein wahrhaft strahlender Anblick, hatte sich annähernd lautlos neben ihr positioniert und lächelte süffisant. Man sah ihr an, dass sie vor geraumer Zeit ihren Unterhalt als Fotomodell verdient hatte. Durch pures Glück und den Einfluss ihres Mannes hatte sie es geschafft, in einigen wenigen Folgen dreier Seifenopern mitspielen zu dürfen. Allerdings hatte sie bei diesen Gelegenheiten ausreichend bewiesen, dass sie über keinerlei schauspielerisches Talent verfügte, weshalb es zu keinen weiteren Auftritten mehr kam.

»Ich muss Sie wohl nicht darauf hinweisen, dass Sie nicht hier sind, um einen zugegebenermaßen äußerst attraktiven Mann anzuschmachten«, flüsterte sie verschwörerisch und blinzelte dabei in einem Maße, dass die Kommissarin befürchtete, ihre mit dunkler Wimperntusche überladenen Wimpern könnten miteinander verkleben und sich nie wieder öffnen lassen. »Aber ich kann schon verstehen, wenn Sie sich ein wenig Ihren Wünschen hingeben.« Die Milliardärsgattin seufzte leise.

Hilka war sich nicht sicher, ob Veronica sich just in diesem Moment ausmalte, was sie am liebsten mit einem großen, durchtrainierten Mann wie Wilmert anfangen würde. Es konnte auch einfach nur sein, dass ihr die Luft wegblieb, weil sie sich, wie es schien, in ein blutrotes, sehr kurzes, am Rücken tief ausgeschnittenes Kleid hatte einnähen lassen.

Die Kommissarin setzte zu einer scharfen Erwiderung an, wurde aber durch den nächsten Wutausbruch von Uwe Hoverlandt unterbrochen.

»Wo bleibt diese Steffen?«, fauchte er. »Sie soll gefälligst antraben und diesen mistigen Text ausbessern.« In Richtung des Sicherheitschefs schnauzte er: »Und schicken Sie die Leute von hier weg. Sie wissen doch, dass ich es hasse, wenn man mich belagert.«

Er wedelte mit der rechten Hand, als wolle er einen Mückenschwarm verscheuchen.

»Also, ich …«, murmelte Wilmert lediglich. Er wirkte überrascht, aber nicht verlegen.

»Ich glaube, wir können helfen, die Reihen zu lichten«, schlug Hilka einem Impuls folgend vor. Sie deutete auf Rainer Dyssen und sich selbst. »Wir verlassen einfach den Raum und machen unsere erste Runde durch die Menge.«

Der Sicherheitschef runzelte zunächst die dunklen Augenbrauen, fast so, als gefiele ihm diese Idee überhaupt nicht. Dann jedoch entspannte er die Gesichtszüge und nickte.

»Sehr gute Idee, Frau Martens. Wir bleiben über Funk in Kontakt und sprechen uns nach Ihrer ersten Begutachtung der Umgebung ab. Einverstanden?«

Hilka hob bestätigend den Daumen und prüfte gleichzeitig den Sitz des drahtlosen Ohrhörers. Das dazugehörige Mikrofon war am rechten Handgelenk befestigt.

Dyssen tat es ihr gleich und nickte zustimmend.

Sie waren bereit, den Raum zu verlassen, und die Kommissarin war ehrlich froh, endlich von hier wegzukommen.

Just, als sie die Hand nach dem Türgriff ausstreckte, wurde die Tür geöffnet und eine kleine, drahtig-schlanke Frau mit kurzgeschnittenen Haaren trat ein.

»Gott sei Dank, Liane … endlich sind Sie da«, gab Hoverlandt von sich. Die verkniffenen Gesichtszüge vermittelten nichts von der Erleichterung, die in seiner Stimme lag. Er hob sofort die Papierbögen empor. »Diesen Schund lese ich nicht vor. Bessern Sie es aus, sonst werfe ich Sie zum nächsten Ersten raus.«

Liane Steffen, die sich in ein bodenlanges, grün glitzerndes, schulterfreies Kleid gezwängt hatte, nahm die von ihr verfasste Rede gelassen entgegen und warf einen interessierten Seitenblick auf Hagen Wilmert, der diesen nicht weniger interessiert erwiderte.

Oho, frohlockte Hilka, als sie erkannte, dass Veronicas Miene sich in einen Ausbund reinster Verdrießlichkeit verwandelt hatte. *Unser blondes Wunder hat wohl keine Chance, den rothaarigen*

Zwerg in der Gunst des tapferen Prinzen auszustechen. Wenn das mal gut geht.

Ehe sich zwischen den beiden Frauen ein Gespräch – oder gar ein Streit – anbahnte, zog die Kommissarin es vor, den Raum endlich zu verlassen.

Auf dem Korridor vor dem Büro atmete sie zunächst einmal durch.

Zwar wogte von unten her warme, ebenfalls verbrauchte Luft in den ersten Stock, aber gleichzeitig breitete sich eine frische Brise durch die Eingangstüren aus, die sich immer noch für weiterhin eintreffende Gäste öffneten.

Hilka wischte sich den kalten Schweiß von der Stirn.

»Was bin ich froh, dass ich da raus bin«, beichtete Rainer. Auch sein Gesicht glänzte.

»Frag mich mal«, entgegnete die Kommissarin. »Aber ich will ehrlich sein. Ich weiß nicht, ob wir nicht vom Regen in die Traufe kommen, wenn wir jetzt unten unsere Runde drehen.«

»Was meinst du damit?«, fragte der Kommissaranwärter und runzelte die Stirn.

»Na ja, da unten ist ein buntes Völkchen«, erklärte Hilka. Sie blieb vor dem Treppenaufgang stehen. »Da kommen allerhand unterschiedlicher Temperamente zusammen, was für uns als Sicherheitspersonal nicht gerade einfach zu überblicken sein wird.«

»Der veranstaltet so eine Party trotz der ganzen Drohungen, die täglich bei ihm eingehen?«, fügte Rainer kopfschüttelnd hinzu. »Wie kann man das machen, wenn man so unmissverständlich bedroht wird?«

Die Kommissarin nahm sich einen Moment Zeit, bevor sie antwortete. »Ich denke, es ist so, wie Wilmert und Lenski es uns in der Besprechung gesagt haben. Hoverlandt hat eine Persönlichkeit, die sich durch nichts einschüchtern lässt. Er ist der Meinung, dass er in seiner Position ständig mit Drohungen und Missgunst rechnen muss, und will sich deshalb keine Planänderungen aufzwingen lassen.«

»Und deshalb hat er seine Kontakte zum LKA aktiviert und zusätzliche Unterstützung für den Personenschutz bekommen?«

Hilka wiegte den Kopf. An sich plauderte sie nicht gern aus dem Nähkästchen – zumindest nicht, wenn es sich um dererlei Vorgänge handelte –, aber Dyssen hatte ein Recht darauf, die Hintergründe zu erfahren.

»Es ist wohl eher so, dass Wilmert diese Kontakte besitzt«, raunte sie ihm zu. »Das weiß ich jedenfalls aus meiner Zeit, in der ich für Lenski arbeitete. Wilmert war früher selbst bei dem Verein, hat sogar ziemlich intensiv mit Lenskis Vorgänger zusammengearbeitet.«

»Das war doch dieser Bernd Kemmer, oder?«, fragte Rainer.

Hilka zuckte zusammen, denn sie ahnte, wie das Gespräch weitergehen würde.

»Er war mit dem Chef befreundet und wurde dann erschossen, oder?«

Die Kommissarin nickte. Sie spürte, wie ein Kloß in ihrem Hals anschwoll, und räusperte sich, bevor sie antwortete.

»Ja. Kemmer war ein Freund von Groot und wurde dann von …« Ihr versagte die Stimme.

»Ach ja, Entschuldigung«, druckste Dyssen. »Ich hatte fast vergessen, dass diese Verrückte ihn umgebracht hat.«

Mit »Verrückte« meinte er ganz klar Karo Lenhuus, die unter falscher Identität als Chris Willers für die Gerichtsmedizin in Norden gearbeitet hatte. Aus solch günstiger Position heraus hatte sie sich an Axel Groot herangemacht, um sich an ihm zu rächen, da sie ihn für den Tod ihrer Schwester verantwortlich machte.

Verrückte trifft es ausgezeichnet, resümierte Hilka und verdrängte die Erinnerungen, die sich vor ihrem geistigen Auge auftürmten. Bilder von einer schrecklichen Zeit, in der man sie für korrupt gehalten hatte und in der sie, ihr Chef und Charlie Thaler um ein Haar getötet worden wären, weil eben jene »Verrückte« ihren groß angelegten Racheplan umgesetzt hatte.

»Jedenfalls geht die ganze Aktion hier und damit auch die Überstunden, die wir zu leisten haben, auf Wilmert zurück«, erklärte Hilka. »Er ist der Mann mit den weitreichenden Kontakten zu den verschiedenen Strafverfolgungsbehörden.« Sie stieß die Tür zum Treppenhaus auf und eilte die ersten Stufen hinunter.

»Ich nehme an, das ist sehr praktisch, wenn man im Sicherheitsbereich arbeitet.« Dyssens Stimme hallte von den Wänden wider und vermischte sich mit den Schrittgeräuschen, die sich auf ähnliche Weise vervielfachten.

Im Erdgeschoss angekommen, blieb die Kommissarin stehen und zwang damit Rainer, ebenfalls abzustoppen.

»Du hast völlig recht, aber wenn wir gleich in den Partybereich gelangen, dann stellst du diese Überlegungen hintenan, verstanden? Wir haben einen Job zu erledigen und dafür brauche ich dich hochkonzentriert an meiner Seite.«

Dyssen schluckte. Früher wäre er bei einer solchen Gelegenheit rot angelaufen, aber dieses Phänomen gehörte der Vergangenheit an. Der Kommissaranwärter trat mittlerweile deutlich selbstbewusster auf.

Wenn er befördert wird, gewinnt die Polizei einen verdammt guten Kommissar. Ein wehmütiges Lächeln huschte über ihr Gesicht, als ihr bewusst wurde, dass er bald seine letzten Prüfungen ablegen würde und im Anschluss vielleicht die Kripo Norden verließ.

»Verstanden«, antwortete Rainer mit ernster Miene. »Ich bin voll dabei.«

Wir verlieren dann einen tollen Kollegen und sehr lieben Freund.

»Ich weiß«, sagte sie mit einem leichten Ziehen in der Brust.

Wenn er uns verlässt, werde ich ihn schrecklich vermissen. Aber leider ist die Kripo Norden für drei Kommissare zu klein.

Hilka schüttelte den Kopf, atmete tief durch und verbannte die aufgekommene Melancholie in den hintersten Winkel ihres Inneren. Sie hatte Rainer aufgefordert, konzentriert zu arbeiten, und so stand es außer Frage, dass sie mit gutem Beispiel voranzugehen hatte.

Sie verließen das Treppenhaus. Nach ein paar schmalen Gängen betraten sie die riesige Halle, in der sich Uwe Hoverlandts Gäste versammelt hatten, um die Puppen tanzen zu lassen. Zwei von Wilmerts Leuten flankierten den Eingang und nickten Hilka und Rainer zu. Sie trugen die für CUSTODIA typischen grünen Hemden und schwarzen Westen.

Das Sicherheitskonzept für den Abend sah vor, dass beide Teams im Einsatz waren. Das erste – zahlenmäßig größere – agierte in einheitlicher, gut erkennbarer Firmenkleidung.

Wilmert hatte seine Leute an allen relevanten Stellen wie Ein- und Ausgängen sowie Notausgängen oder Passagen positioniert. Einige von ihnen hielten sich bei den Bartheken und den beiden riesigen Buffets auf. Außerdem behielten zwei Zweierteams die Zugänge zum Bühnenbereich im Blick.

Das zweite Team bestand hauptsächlich aus den abkommandierten Polizeibeamten, die sich in Zweiergruppen und in Zivil unter die Gäste mischten und dort die Augen offen hielten.

Hilka bezweifelte, dass ihre Kollegen unauffällig waren, denn sie tanzten nicht, tranken keinen Alkohol und unterhielten sich – wenn überhaupt – nur miteinander. Es fiel ihr nicht schwer, auf Anhieb drei der Duos inmitten des allgemeinen Trubels zu erkennen.

Okka Hirsebiegel und Jörn Reinders, die vor einem Tisch Aufstellung genommen hatten, auf dem eine riesige Bowlenschüssel stand, sprangen ihr ins Auge. Beide klammerten sich förmlich an ihre Gläser mit der grünlich-gelben Flüssigkeit, bewegten sich aber nicht und wirkten auf die Kommissarin im ersten Moment wie stocksteife Schaufensterpuppen.

Sie seufzte schwer und unterdrückte mit Mühe ein heftiges Kopfschütteln.

»Komm mal mit«, forderte sie Dyssen mit gedämpfter Stimme auf und schlenderte auf ihre Kollegen zu, die sich bei ihrem Näherkommen zusätzlich versteiften und somit noch auffälliger wurden.

»Wart ihr nicht bei der Vorbesprechung für diesen Einsatz anwesend?«, raunte sie ihnen zu.

Okka Hirsebiegels Augenbrauen ruckten erstaunt in die Höhe. Sie bot einen ungewöhnlichen Anblick, denn seit Hilka sie kannte, war sie bei ihren Begegnungen immer äußerst maskulin rübergekommen. Innerhalb der regulären Dienstzeit lag das mit Sicherheit an der Uniform, bei Treffen nach Dienstschluss hatte die dunkelhaarige Kollegin mit der tiefen Stimme auch nicht gerade durch weibliches Flair geglänzt und eher auf Baumwollhemden und Jeanshosen gesetzt.

Jetzt aber präsentierte sich Okka in einem Glanz, der allen männlichen Kollegen und ebenso der Kommissarin beim Briefing – also vor Beginn der Veranstaltung – den Atem verschlagen hatte.

Es fing damit an, dass die dicken Augenbrauen, die normalerweise über der Nasenwurzel zusammenwuchsen, ausgedünnt waren und wie zwei eigenständige Körperhaarbereiche aussahen. Die Kollegin hatte sich einen modischen Kurzhaarschnitt verpassen lassen, der sie mindestens fünf bis zehn Jahre jünger erscheinen ließ. Das dezent aufgetragene Make-up rundete den Imagewechsel auf raffinierte Weise ab.

Ja, überlegte die Kommissarin, *das ist das erste Mal, dass ich sie geschminkt sehe, und verdammt, es steht ihr.*

Der absolute Hammer aber war das elegante, weit geschnittene Kleid, zu dem eine kurze Lederjacke gehörte, die nur die Arme, die Schultern und den oberen Teil des Rückens bedeckte. Zusammen mit den hochhackigen Pumps wurde das Bild einer modisch versierten Frau geschaffen, die sich für gewöhnlich eher als graue Maus präsentierte.

»Natürlich waren wir beim Briefing«, antwortete Okka und sah Reinders fragend an.

»Nun, ich frage nur, weil ihr den Eindruck erweckt, als wärt ihr getarnte Marsianer, die nicht wissen, wie sie sich unter Menschen zu verhalten haben.«

»Wie bitte?« Jetzt war es der junge Kollege, der vor Kurzem erst als Neuling nach Norden versetzt worden war, der nicht wusste, worum es der Kommissarin ging.

»Sie meint, dass wir uns mehr wie die anderen Partygäste aufführen sollen«, erklärte Okka.

»Nein, gerade das habe ich so nicht gemeint«, wurde sie verbessert. »Ich meinte, dass ihr anfangen solltet, euch natürlich zu verhalten.«

»Wo ist denn da der Unterschied zu dem, was ich gesagt habe?«

Hilka spürte, wie die leichte Verärgerung, die sie zu diesem Gespräch veranlasst hatte, allmählich zu einem handfesten Ärger anschwoll und sich in Form eines bitteren Geschmacks auf die Zunge legte. Sie winkte ab und suchte nach geeigneten Worten, um den beiden klarzumachen, was sie von ihnen erwartete.

»Mischt euch unter die Leute, unterhaltet euch ein wenig und schlendert in eurem zugewiesenen Bereich herum«, brachte Dyssen es auf den Punkt. »Sonst fallt ihr zu sehr auf.«

Hilka drehte sich zum Kommissaranwärter um und vermochte ihre Überraschung über eine so klare und deutliche Anweisung seinerseits nur bedingt zu unterdrücken. Ihr fiel zwar nicht die Kinnlade herunter, aber immerhin kräuselte sie doch verblüfft die Lippen.

»So, und jetzt zurück an die Arbeit«, befahl Rainer. In seinem Gesicht lag eine ernste Anspannung, die man ansonsten nur selten darin fand.

Jörn Reinders bot Okka den rechten Arm an, den sie, ohne zu zögern, ergriff, und schon schlenderten sie davon.

»Sieh mal einer an«, murmelte Dyssen zufrieden. »Es klappt, jetzt sehen die beiden so aus, als gehörten sie hierher.«

»Alle Achtung«, rief Hilka voller echter Anerkennung. Sie nickte Rainer zu. »Das hast du wirklich sehr gut gemacht. Respekt.«

Der Kommissaranwärter grinste. »Das finde ich auch. Wenn die sich bewegen …«

»Nein«, unterbrach sie ihn. »Ich meinte nicht die Entscheidung an sich, obwohl du damit natürlich recht hattest, sondern die Art und Weise, wie du den Befehl übermittelt hast.«

»Ach so«, gluckste Rainer. Das Grinsen wurde breiter. »Ich habe mir vor einiger Zeit mal Gedanken darüber gemacht, wie meine Kollegen mich so wahrnehmen, und bin zu dem Schluss gekommen, dass der Spruch ›Der Ton macht die Musik‹ vielleicht gar nicht so falsch ist.« Er atmete tief durch und straffte die Haltung. »Irgendwie war mir schon immer klar, dass ich etwas ändern muss, wenn ich als Kommissar ernst genommen werden will und …«

Wie auf Schlag verstummte er. Dyssens Augen weiteten sich, als würde ihm ein eisiger Schauer durch die Glieder fahren. Er starrte an ihr vorbei in den Partyraum, aus dem Stimmengewirr und Musik herüberwehten.

»Ach Mist, verdammter«, flüsterte er und wurde deutlich bleicher.

Hinter mir, schoss es Hilka durch den Kopf.

Sie wirbelte auf dem Absatz herum, die Hand glitt zum Gürtelholster und verharrte über dem Pistolengriff … und dann sah sie, was … oder besser wen Dyssen entdeckt hatte.

»Ach Mist, verdammter«, schloss sie sich seinen Worten an.

6. Kapitel

Sommer 1991, das Groot'sche Anwesen, Hagermarsch

»Scheiße«, fluchte Axel.

Ein mörderisches Brennen stach ihm oberhalb der rechten Augenbraue unter die Haut. Tränen schossen ihm in die Augen und ließen die Person, die den getränkten Wattebausch hielt, wie einen verschwommenen Schemen erscheinen. Die Schmerzen waren nicht von schlechten Eltern und breiteten sich im Nu über die ganze Stirn aus, sodass er instinktiv den Kopf zurückzuziehen versuchte.

Eine schmale, jedoch kräftige Hand, die bisher sanft auf seiner Schulter gelegen hatte, packte unbarmherzig zu und verhinderte die Flucht vor dem stechenden Wundalkohol.

»Charlie, bitte lass mich los, das fühlt sich an wie Batteriesäure«, keuchte Axel und unternahm einen weiteren Versuch, sich aus dem festen, aber zweifellos wohlwollenden Griff zu winden.

»Halt still«, ertönte die Stimme der Frau, die ihn seit frühester Kindheit mindestens genauso oft ins Bett gebracht und ihm vor dem Einschlafen Geschichten vorgelesen hatte wie seine Eltern.

Tante Charlie war meistens ein sanfter Engel, der immer dann einsprang, sobald es für die Groots zeitlich zu eng wurde. Sie half im Haushalt aus, bereitete das Mittagessen zu oder verbrachte Zeit mit dem Junior, wenn die vielen beruflichen Verpflichtungen des Vaters und die ehrenamtlichen Aufgaben der Mutter ihnen alles abverlangten.

Doch dieser Engel in Menschengestalt legte den Schutzmantel der Sanftmut ebenso oft ab und forderte dann – zumeist von Axel – unbarmherzig die Erledigung der Hausaufgaben, Mithilfe im Haushalt oder bei der Gartenarbeit. Besonders Letzteres war für den jungen Groot ein rotes Tuch.

Und auch jetzt kam ihm Tante Charlie eher wie einer dieser ultraharten, ständig fordernden Sergeants aus den alten Kriegsfilmen vor, die Paps so gerne im Fernsehen sah.

Es fehlte nur, dass sie ihn aufforderte, mit »Sir, ja, Sir« zu antworten.

»Du willst doch nicht, dass die Wunde sich entzündet, eitert und so anschwillt, dass du für mindestens drei Wochen nichts mehr sehen kannst, oder?«

Axel wusste, dass er noch viel zu lernen hatte, trotzdem war ihm klar, dass Tante Charlie das war, was sein alter Papa oft als ›ausgemachtes Schlitzohr‹ bezeichnete. Sie war clever und setzte ihr Wissen über ihn und seine Ängste und Eigenheiten vor allem dann gegen ihn ein, wenn er sich anschickte, ihr zu widersprechen.

»Nein«, stimmte er brummend zu.

»Und ehrlich gesagt«, meinte die zierliche Frau mit dem leicht ergrauten Haar, das an vielen Stellen Spuren seiner ursprünglichen kastanienbraunen Farbe aufwies, »tut es auch nicht mehr so weh wie am Anfang, oder?«

Axel spürte in sich hinein und nickte dann, weil ihm klar wurde, dass Tante Charlie wieder einmal recht hatte.

»Ja«, murrte er.

»Halt die Watte auf die Wunde, ich verpflastere dich gleich, wenn ich mit deinem Freund fertig bin.«

Axel verdrehte die Augen, machte aber, was von ihm verlangt worden war, und drückte den Bausch weiter gegen die Augenbraue. Er nutzte die Zeit, um dabei zuzusehen, wie Charlie sich zu Martin umdrehte, der bisher fast regungslos am Küchentisch gesessen und die angewandte Erste Hilfe stumm beobachtet hatte.

In den letzten Minuten war der hagere Hoverlandt stocksteif wie eine Schaufensterpuppe gewesen. Nun aber kam Leben in seine Gliedmaßen. Er sprang vom Stuhl auf und hob abwehrend die verdreckten und aufgeschürften Hände hoch.

Kein Wunder, dass die bluten. Frank hat ihn wie einen Feudel hinter sich hergeschleift.

»Nein, nein, bitte nicht«, sprudelte es aus Martin hervor, und ein Hauch von Panik ließ die ohnehin schon hohe Stimme regelrecht piepsen. »Danke, dass Sie mir helfen wollen, aber ich …«

»Setz dich, Kleiner«, befahl Charlie und deutete auf den Stuhl. »Ich lasse dich hier nicht raus, ohne deine Kratzer und Wunden zu versorgen.«

Martin erstarrte, schien völlig den Faden verloren zu haben und starrte die Frau vor sich verwirrt an.

»Außerdem werde ich dich bestimmt nicht allein nach Hause schicken. Ich werde deine Eltern anrufen und sie bitten, dich hier abzuholen.«

»Nein, bitte nicht«, flehte der Junge, und obwohl Axel es für unmöglich gehalten hätte, klang er dabei noch schriller. »Ich werde einfach mit dem Fahrrad fahren. Das kann ich doch ...«

»Dein Drahtesel ist völlig demoliert«, fiel Charlie ihm ins Wort. »Wir machen es so, wie ich gerade gesagt habe. Und damit basta.«

Wie um den Befehlston ihrer Stimme zu unterstreichen, stemmte sie ihre Hände in die Seiten und warf Martin *den Blick* zu.

Axel, der *den Blick* von ihr kannte, schauderte kurz, als der kleine Hoverlandt ihre absolute Geheimwaffe kennenlernte, gegen die selbst ein Mann wie Piet Groot nicht ankam.

Sobald Charlie auf *den Blick* zurückgriff, war sie nicht willens, von ihrer Meinung, ihrem Vorhaben oder ihren Anordnungen abzurücken. Dann biss man sich an ihr die Zähne aus, wie Mutter es einmal in seiner Gegenwart ausgedrückt hatte.

Wenn Martin zu den vernünftigen Menschen auf dieser Welt gehört, macht er, was sie von ihm verlangt, dachte Axel.

Der geschundene Junge zählte augenscheinlich zu eben jenen klügeren Leuten, denn er schluckte ein paar Mal hintereinander und kletterte dann wortlos auf den Stuhl zurück, sodass Charlie endlich bei ihm mit Wundbenzin und Watte zu helfen vermochte.

Martin war anzusehen, dass er ebenfalls unter dem Desinfektionsmittel litt. Neuerliche Tränen rannen über seine schmutzigen Wangen und hinterließen helle Streifen auf der Haut.

Axel presste die Lippen zusammen. Kam es ihm nur so vor, oder behandelte seine Tante den Kleinen viel sanfter als ihn noch vor ein paar Minuten?

»Und jetzt noch einmal im Klartext«, wechselte sie das Thema und tränkte weitere Watte mit der stinkenden Flüssigkeit. »Ihr kennt die Typen, die euch angegriffen haben?«

»Klar«, platzte es aus Axel hervor. Martin schüttelte erst den Kopf, nickte dann aber. Vermutlich, weil er fürchtete, nochmals *den Blick* zu erhalten.

»Das waren Frank Hoverlandt, Martins völlig bescheuerter Bruder, Bernie Delfs und Arno Krahn«, antwortete Groot, nahm die Watte runter und betrachtete sie.

»Drück weiter drauf«, sagte Charlie nur, ohne sich nach ihm umzusehen.

Irgendwann muss sie mir erzählen, wie man das macht, dass man jemanden beobachtet, obwohl man mit dem Rücken zu ihm steht.

»Das ist nicht das erste Mal, dass ich diese drei Namen in diesem Zusammenhang höre«, merkte sie an und besah sich die Kratzer in Martins Gesicht.

»Das wundert mich nicht«, erwiderte Axel. »Diese Dödel fallen immer über Schwächere her. Die können nichts anderes, als andere zu vermöbeln.«

Er trat an den Küchentisch und griff nach dem Buch, das sein Vater ihm geliehen hatte. Es hatte den Kampf erstaunlich gut überstanden. Es war weder ins Wasser noch in den Dreck gefallen, und Seiten waren auch nicht herausgerissen worden. Allerdings war der Einband geknickt und hatte einen Riss in der stabilen Pappe.

Axel seufzte, als er den Schaden begutachtete. »Diese Typen sind blöd wie Schifferscheiße«, fluchte er leise.

Aber nicht leise genug.

»Jung-Groot, mäßige dich«, tadelte Charlie ihn, ohne sich zu ihm umzudrehen. »Wie ich schon sagte«, fuhr sie fort und betupfte Martins Kinn, was dieser mit einem schmerzhaften Verziehen der zitternden Lippen quittierte. »Ich habe schon oft gehört, dass Frank über die Stränge schlägt. Viele Eltern haben sich bei seinen Lehrern beschwert.« Sie ließ die Hand mit der Watte sinken und betrachtete ihr Werk. »Weißt du, ich arbeite in einer Buchhandlung in der Stadt, da kommen oft viele Leute vorbei und unterhalten sich.«

»Und du hörst immer sehr gut zu«, fügte Axel hinzu und lächelte, was einen brennenden Stich im Unterkiefer auslöste. Er stöhnte leise.

»Ja, aber ich lausche nicht hinter dem Rücken der Leute«, erklärte Charlie streng. Ihr schmales Lächeln entging ihm dabei nicht. »Es ist doch nicht schlimm, wenn man Gespräche mitbekommt, die im selben Raum geführt werden, in dem man sich aufhält.«

»Das finde ich auch«, meldete sich Martin zu Wort. Seine Stimme klang nun kräftiger. »Wenn meine Eltern sich unterhalten und ich bin im selben Raum, dann bekommen sie eigentlich gar nicht mit, dass ich da bin, und ich höre alles, was sie so besprechen.«

Das war schon komisch, fand Axel. Dass der kleine Hoverlandt von den drei Großen verprügelt worden war, hatte ihn mächtig gestört, weshalb er sich einmischte. Mehr aber nicht. Doch das, was Martin soeben gesagt hatte, ließ ihm das Herz schwer werden. Er unterdrückte ein weiteres Seufzen.

»Wie auch immer«, riss ihn Charlies Stimme aus den Gedanken, »ich muss deine Eltern anrufen und sie bitten, dich hier abzuholen.«

»Oh nein, Frau Thaler, bitte nicht«, bettelte Martin. Jene Tränen, die er eben schon vergossen hatte, erhielten deutlichen Zuwachs und kullerten an seinen Wangen entlang zu Boden. »Bitte glauben Sie mir, wenn Sie meine Eltern anrufen, vor allem meinen Vater, dann wird alles nur noch schlimmer für mich.«

Charlie richtete sich auf und stemmte die Hände in die Seiten. »Hör zu, ich habe viele vernarbte Kratzer an deinen Armen entdeckt, du kannst mir doch nicht erzählen, dass Frank und seine Kumpane dich nicht schon öfter verprügelt haben.«

Martin zuckte erschrocken zusammen und sah auf die Arme hinab, an denen helle Streifen auf der Haut zu erkennen waren und ihre Vermutung bestätigten. Einen Moment lang sah es so aus, als wolle er sie hinter dem Rücken verstecken, doch dann sah er die Aussichtslosigkeit dieses Unterfangens ein und ließ sie herabsinken.

»Ja, ich werde oft verkloppt, aber nicht öfter als andere in der Schule.«

»Das macht es nicht besser«, erwiderte Charlie scharf. »Ich glaube, es ist das Beste, wenn deine Eltern davon erfahren.«

Martin wimmerte und sackte auf dem Stuhl zusammen, wodurch er wirklich wie ein Häufchen Elend wirkte.

»Die wissen es doch längst«, erklärte Axel. In seinem Hals bildete sich ein Kloß, ehe er weitersprach. »Die waren schon so oft in der Schule … zumindest Martins Mutter.«

»Und trotzdem tyrannisieren die drei dich immer noch?«, fragte Charlie ungläubig.

Der kleine Hoverlandt nickte. »Mein Vater sagt immer, dass ich das durchstehen muss. Das würde mich abhärten und auf mein späteres Leben vorbereiten.«

Axel wusste, obwohl er erst zwölf Jahre alt war, dass das Unsinn war. Gleichzeitig spürte er ein warmes Gefühl der Dankbarkeit, als er an seine Eltern dachte. Sie waren viel unterwegs und hatten manchmal wenig Zeit für ihn, doch glichen sie das bei jeder sich bietenden Gelegenheit aus. Dann brachen sie alle gemeinsam zu langen Ausflügen auf, gingen ins Kino oder unternahmen irgendwas anderes Spannendes. Außerdem hörten sie ihm immer zu, wenn ihm etwas auf dem Herzen lag.

Bei Martin war das anders, und obwohl die Hoverlandts zu den wohlhabendsten Leuten in Norden und Umgebung gehörten, war Axel froh, dass seine Eltern Piet und Janne Groot waren.

»Aber ich kann das nicht so stehen lassen«, erklärte Charlie. Ein Hauch von Verzweiflung schwang in ihren Worten mit. »Ich muss etwas tun, sonst werden diese Rowdys noch schlimmer.«

»Da fällt mir was ein«, sagte er und nahm sich den Wattebausch von der Stirn. »Aber erst müssen wir mit Papa reden.«

Charlie und Martin drehten sich zu ihm um und sahen ihn fragend an.

»Was denn?«, entfuhr es Axel. »Wenn ich recht habe, wird Frank es sich in Zukunft zweimal überlegen, ob er dich angreift.« Die Verwunderung in den Gesichtern der beiden anderen blieb bestehen, weshalb er sich gezwungen sah, fortzufahren. »Aber dafür brauchen wir meinen Vater. Ohne ihn geht gar nichts.«

7. Kapitel

Vergangenheit: Samstagabend – GeKuNo-Partymeile

Die Stimmung stieg – zumindest gefühlt – von Minute zu Minute. Die Partygäste wurden ausgelassener, was nicht zuletzt an den offensichtlich stresserprobten Barkeepern lag und dem einhergehenden Anstieg des allgemeinen Alkoholkonsums. Axel nippte an seinem Whisky und hielt Ausschau nach Rita Karst, die ihm eine knappe Dreiviertelstunde lang allerhand Interessantes zu berichten gewusst hatte. Er gab es nur ungern zu: Vieles von dem, was sie ihm erzählt hatte, war ihm bisher entgangen. Nun stellte sich die Frage, wie sich diese Infos in Zukunft als nützlich erwiesen.

Nach dem intensiven – aber größtenteils einseitigen – Gespräch hatte die Karst sich bei ihm entschuldigt, weil sie, wie sie sagte, aufs Töpfchen musste, und war nicht zu ihm zurückgekehrt. Nachdem er fast eine halbe Stunde vergeblich Ausschau nach ihr gehalten hatte, kam er zu dem Schluss, dass sich die weißblonde Amazone wohl still und heimlich aus dem Staub gemacht hatte.

Axel schüttelte den Kopf. Er spürte das allzu bekannte Stechen der Frustration in seiner Brust. »Scheiße«, flüsterte er leise.

Nicht leise genug, denn hinter ihm ertönten ein paar vorwurfsvolle Worte.

»Jung-Groot, mäßige dich.«

Als er sich umdrehte, stand Charlie Thaler in gewohnter Pracht vor ihm und drohte ihm mit ausgestrecktem Zeigefinger.

Komisch, dass sie mich nach all den Jahren wieder Jung-Groot nennt. Er wiegte den Kopf. *Martin muss sie an die Vergangenheit erinnert haben. Wahrscheinlich ist er ihr deswegen eingefallen.*

»Ich entschuldige mich vielmals«, sagte er lächelnd. Er fühlte sich fast wie ein Zwölfjähriger. »Aber irgendwie habe ich das Gefühl, dass mir ein todsicherer Fang vom Haken gesprungen ist.«

»Oh ja, ich habe dich und das blonde Gift ganz genau gesehen.«

»Ach bitte, Charlie. Es ging mir doch gar nicht um irgendwelche Liebschaften.«

»Komm mir nicht so«, lachte Axels mütterliche Freundin. Bevor sie weitersprach, trank sie einen Schluck Champagner. »Ich weiß, auf welchen Typ Frau du stehst. Und dieser weißblonde Vamp, der dir anscheinend durch die Lappen gegangen ist, der passte – vielleicht abgesehen von der Haarfarbe – genau in dein Beuteschema.«

»Was weißt du schon von meinem Beuteschema?«, fragte Groot. Fast hätte er gelacht, doch das Thema berührte einen Teil seines Innersten, dem gar nicht zum Lachen zumute war.

»Ich muss gestehen, dass du damit nicht ganz unrecht hast«, gab Charlie zu. Ein Lächeln, das ihm nicht geheuer war, umspielte ihre Lippen.

Irgendwas ist los, stellte er in Gedanken fest. *Etwas, das mich völlig umhauen wird. Das spüre ich deutlich.*

»Allerdings bin ich nicht allein darauf gekommen. Ich hatte Hilfe.«

»Hilfe?«, hakte Axel nach. »Von wem?«

»Von mir, mein Großer«, hörte er eine Frauenstimme hinter sich.

Jedes dieser vier Worte wirkte wie ein Schlag mit einem Schmiedehammer auf den Kopf. Groots Schultern zuckten, gleichzeitig verzog er das Gesicht, als würde die schärfste Chilischote aller Zeiten geschmackstechnisch auf seiner Zunge explodieren.

Nein, bitte ... lass es nicht wahr sein. Bitte, bitte, nein ...

Aber sämtliche himmlische Mächte, die er in diesem Moment anflehte, hatten kein Erbarmen mit ihm.

Die Sprecherin trat vor ihn, stellte sich neben Charlie und präsentierte sich in einem atemberaubenden, hautengen, knallroten Kleid, das an den Seiten raffiniert geschlitzt war und Haut zeigte.

»Was ist los?«, fragte die hochgewachsene Frau mit den schulterlangen schwarzen Haaren und den tiefbraunen Augen. Sie hielt wie Charlie ein Sektglas in der Hand und legte einen Arm um sie. »Sieht nicht so aus, als würde er sich wirklich freuen, mich zu sehen, oder?«

Die Aussage war das Understatement des Jahres, wie Axel fand.

Dass ausgerechnet diese Frau heute hier war, war zumindest aus seiner Sicht eine mittelschwere Katastrophe.

Nun, das war zu hart geurteilt, denn ihre Anwesenheit hatte in der Vergangenheit auch schon Gutes bewirkt. Er dachte daran, dass sie ihm vor einigen Monaten bei den Ermittlungen in Emden geholfen hatte.

Außerdem gestand er sich ein, dass ihre damalige Begegnung … schöne Momente beinhaltet hatte. Sie waren zusammen im Bett gelandet und hatten dort nicht nur gemeinsam Schäfchen gezählt.

Obwohl sie seitdem ein entspannteres Verhältnis zueinander entwickelt hatten, so kam ihr Auftauchen heute Abend einem Gefühl gleich, als würde ihm jemand den Teppich unter den Füßen wegziehen.

Wie fast jedes Mal, wenn er auf *sie* traf.

Auf *sie*, Manuela Groot.

Seine Ex-Frau.

8. Kapitel

Vergangenheit: Sommer 1991 – Im Haus von Uwe Hoverlandt

»Es ist sehr nett von Ihnen, dass Sie sich die Mühe gemacht haben, unseren Sohn nach Hause zu bringen, Herr Kommissar, aber das wäre nicht nötig gewesen.«

Der Mann, der diese Worte sprach, hieß Uwe Hoverlandt und war Martins Vater.

Er stand hochaufgerichtet vor Piet Groot, der mehr als eine Handbreit kleiner war. Hoverlandt wirkte wie einer jener finsteren Edelmänner, von denen Axel in einer Rittersage gelesen hatte.

Doch obwohl er die größte Person im Raum war, erschien der breitschultrige Kommissar vor ihm deutlich eindrucksvoller. Zumindest kam es dem jungen Groot so vor.

Martin lehnte sich an eine Wand, die Arme hinter dem Rücken verschränkt, und betrachtete alles aus einigen Metern Entfernung. Gleich nachdem man ihn und seine Begleiter empfangen hatte, hatte er sich zurückgezogen, fast so, als würde er die Nähe des Vaters meiden.

Charlie Thaler hatte Martin in beeindruckender Weise verarztet. Zwei große Pflaster zierten die rechte Wange und die Unterseite des Kinns. Die Schürfwunde auf der linken Gesichtshälfte hatte sie nur desinfiziert und nicht verbunden.

»An so eine Schramme muss Luft ran«, hatte sie erklärt und ihr Erste-Hilfe-Material weggepackt.

Fünf Minuten später war Piet Groot von der Arbeit gekommen und beim Anblick von Axels Gesicht regelrecht aus allen Wolken gefallen. Nachdem ihm berichtet worden war, wer seinen Sohn und Martin so übel zugerichtet hatte, hatte er sich beherrschen müssen, um nicht wutentbrannt zu den Hoverlandts zu fahren und sich dort lautstark über Franks üble Attacke auszulassen.

Axel kannte ihn gut genug, um zu wissen, wann ihn die Wut packte und wie es aussah, wenn er sie im Zaum hielt.

Inzwischen war eine gute Stunde vergangen. Piet Groot war in den Plan seines Sohnes eingeweiht und hatte sich bereit erklärt, zunächst zu versuchen die Angelegenheit auf diese Weise zu klären.

Die Entscheidung war ihm nicht leichtgefallen. Piet Groot hatte lange überlegt, war dann auf Axel zugegangen und hatte ihm die Hand auf die Schulter gelegt.

»Du bist wirklich schlau, mein Junge«, hatte er gesagt.

Sein Sohn hatte ihn angestrahlt und sich bedankt.

»Du bist erst zwölf Jahre alt, aber ich vergesse oft, wie weit du schon bist.« Er verengte die Augen zu schmalen Schlitzen. »Und weißt du was? Wir machen es so, wie du es dir vorgestellt hast. Ich glaube nämlich auch, dass wir Martin damit auf lange Sicht am besten helfen können.«

Danach hatte er sich zu dem kleinen Hoverlandt umgedreht und ihn gefragt, ob auch er einverstanden sei ... und der hatte genickt und über das ganze Gesicht gestrahlt.

»Verzichten wir doch auf den Kommissar«, bat Piet Groot und riss Axel aus seinen Gedanken. Er warf ihm einen kurzen Seitenblick zu und schien ihm damit eine stumme Botschaft zu senden.

Bleib ruhig und lass mich machen. Ich halte mich an deinen Plan.

»Ich bin als Privatmann und besorgter Vater hier«, erklärte Piet und folgte Hoverlandts einladender Geste in ein Wohnzimmer, das so groß war, dass sein halbes Haus problemlos reingepasst hätte.

Axels Blick schwirrte zwischen den zahlreichen Skulpturen umher, die auf unterschiedlich hohen Sockeln im Raum verteilt waren. Viele von ihnen wirkten gespenstisch und unheimlich.

Mama würde dazu moderne Kunst sagen und die Nase rümpfen, überlegte er und kicherte beinahe los. Doch die unterarmgroße Statue vor ihm gefiel ihm, und er blieb stehen, um sie sich genauer anzusehen.

»Bitte setzen Sie sich, Herr Groot.«

Der Polizist kam der Aufforderung nach, lehnte aber ein angebotenes Getränk ab.

»Ach, Junge«, rief Uwe Hoverlandt Axel zu. »Bitte sei vorsichtig mit der Skulptur, ja? Die ist ziemlich wertvoll.«

Jung-Groot nickte, trat zurück und drehte sich um. Mit dem rechten Daumen deutete er über die Schulter: »Das ist doch Atlas, oder?«

»Wie bitte?« Der wohlhabende Fabrikant blinzelte irritiert. »Was meinst du?«

»Das ist doch Atlas, der Titan aus der griechischen Mythologie?«, wiederholte Axel.

»Stimmt auffallend. Kennst du dich damit aus?«

»Oh, Sie würden sich über den Burschen wundern«, meldete sich Piet wieder zu Wort. Er lächelte schmal. »Der Junge ist wie ein geistiger Scheunendrescher. Oder besser gesagt ein literarisches Schwarzes Loch. Wann immer er ein Buch in die Hände bekommt, saugt er dessen Inhalt auf.« Er schüttelte den Kopf, aber sein Lächeln wurde breiter. »Der wird bestimmt mal Historiker oder Archäologe.«

»Willst du nicht lieber Polizist werden wie dein Vater?«, fragte Hoverlandt direkt an Axel gewandt.

»Ach, wissen Sie …«, druckste er herum und spürte, wie seine Wangen rot anliefen.

»Das ist in Ordnung«, erklärte Piet Groot ihrem Gastgeber. »Ich sehe das nicht so streng hinsichtlich des Mottos ›in die Fußstapfen des Vaters treten‹ und so. Ich finde, unsere Kinder sollten ihren eigenen Weg gehen.«

Er zwinkerte Axel vergnügt zu.

»Eine sehr liberale Ansicht«, erwiderte Hoverlandt. »Und erstaunlich antiautoritär, wie mir scheint.«

»Ganz im Gegenteil«, widersprach Piet Groot. »Aber darum geht es nicht. Und auch nicht um den Berufswunsch meines Sohnes. Es geht vielmehr darum, was Ihrem widerfahren ist und dass ich es alarmierend finde, dass das bereits öfters passiert ist.«

»Wirklich?« Die rechte Augenbraue des Fabrikanten zuckte in Richtung Haaransatz und legte einen Teil der Stirn in Falten. »Wie kommen Sie darauf?«

Groots Miene verfinsterte sich. Axel hatte schon einige Male miterlebt, dass so etwas geschah. Wann immer jemand versuchte, ihn auf den Arm zu nehmen, zu täuschen oder zu überlisten, trat dieser Ausdruck auf sein Gesicht und ließ es wie aus Stein gemeißelt erscheinen.

Oje, Papa mag Hoverlandt nicht, und das wird er gleich zu spüren bekommen. Er zuckte mit den Schultern. *Na und? Ich kann ihn ebenfalls nicht ausstehen.*

Aber Martin tat ihm nach wie vor leid. Er hatte mittlerweile neben einer modern anmutenden Stehlampe Position bezogen, die auf eine seltsame, kaum zu beschreibende Weise mit verschieden großen Tüchern behangen war und ihm so eine gewisse Deckung bot.

Nervös schielte er hinter ihr hervor, wahrscheinlich um genau mitzubekommen, was besprochen wurde.

»Sie haben es am Anfang schon erwähnt: Ich arbeite bei der Polizei. Und da höre ich so einiges. Aus diesen, nennen wir sie mal Berichten, wird ersichtlich, dass Martin schon öfter Opfer von hinterhältigen Angriffen geworden ist.«

Wie auf ein geheimes Zeichen öffnete sich die Wohnzimmertür und Frank Hoverlandt erschien auf der Szene. Er blieb abrupt stehen, als wäre er gegen eine unsichtbare Wand gelaufen. Sein Gesichtsausdruck vermittelte einen verdatterten Eindruck. In rascher Folge sah er die Anwesenden an, die sich im Wohnzimmer versammelt hatten.

»Das ist Ihr Ältester, nicht wahr?«, fragte Piet.

Uwe Hoverlandt schien von dessen Erscheinen überrascht zu sein und brauchte einige Sekunden, um die an ihn gerichteten Worte zu verstehen. Ein-, zweimal tickten die Sekundenzeiger der Wanduhr weiter, ehe er endlich antwortete. »Ja, das ist Frank.«

Zum ersten Mal, seit sie angekommen waren, huschte so etwas wie ein Lächeln über Uwe Hoverlandts bis dahin eher versteinert anmutendes Gesicht.

Axel glaubte zu erkennen, dass er seinen älteren und weitaus brutaleren Sohn mehr schätzte als den jüngeren.

»Komm her und begrüße unsere Gäste.«

Der hochgewachsene Blondschopf brauchte wie sein Vater einige Sekunden, um zu begreifen. Dann kam er der Aufforderung nach.

»Das ist Herr Groot«, erklärte Uwe Hoverlandt und deutete auf den Hauptkommissar. »Er ist Alexanders Vater.«

»Ich heiße Axel«, stellte dieser in einem Anflug von Trotz klar. Beinahe wäre er sogar einen Schritt vorgetreten, um die Aussage entschieden zu untermauern.

»Ach ja, Entschuldigung. Ich meinte natürlich Axel.« Er beobachtete, wie Frank Piet Groot die Hand reichte und ein kaum verständliches »Hallo« hervorwürgte. »Du kennst doch Axel, oder?«

Der ältere Hoverlandt-Sohn kniff die Augen zusammen und sah zu ihm rüber. Er wirkte dabei, als bereitete er sich innerlich vor, einen Mord zu begehen.

»Ja, so'n bisschen«, murmelte er und setzte sich neben seinen Vater.

Axel fühlte heiße Wut in sich aufsteigen. Am liebsten hätte er sich auf den bulligen Mistkerl gestürzt und ihm mit ein paar saftigen Schellen die Schneidezähne gelockert. Doch er schluckte die hitzige Woge hinunter und hoffte, dass der Plan, den sein alter Herr gleich in die Tat umsetzen würde, aufging und ihm und dem unglücklichen Martin eine längere prügelfreie Zeit bescherte.

»Nein, nicht hinsetzen, geh auf dein Zimmer«, ermahnte Uwe Hoverlandt Frank und wedelte mit der Hand, wie um ihn zu verscheuchen. »Wir haben hier noch etwas zu besprechen.«

»Ach, es ist schon in Ordnung, wenn er bleibt«, stellte Groot senior klar, »denn was ich vorzuschlagen habe, könnte auch für ihn interessant sein.«

Axel zuckte zusammen. Das Blut wich ihm schlagartig aus dem Gesicht. Was hatte sein Vater vor? Hatte er den Plan doch nicht verstanden?

Er öffnete den Mund, um zu widersprechen, doch abermals traf ihn ein schneller Blick seines alten Herrn, und wieder zwinkerte er ihm zu.

Ganz ruhig, ich weiß, was ich tue, war die unausgesprochene Botschaft an Axel.

Sich zurückzuhalten zerrte ihm gewaltig an den Nerven, aber er war es gewohnt, sich auf seine Eltern zu verlassen.

»Ich wollte vorschlagen, Martin ein- oder zweimal in der Woche zu trainieren. Das mache ich auch mit meinem Sprössling. Und bisher hat es ihm nicht geschadet.«

»Wie?«, fragte Hoverlandt irritiert. »Was wollen Sie denn trainieren?«

Piet Groot lehnte sich in seinem Sessel zurück und schlug die Beine übereinander. »Nun, ich kenne mich mit Boxen ziemlich gut aus. Als junger Bursche war ich ein passabler Amateur, und auch heute noch trainiere ich regelmäßig, um in Form zu bleiben.« Er lächelte Axel zu. »Ich habe ihm oft genug gesagt, dass man nie derjenige sein sollte, der einen Kampf anfängt, aber wenn eine Auseinandersetzung unvermeidlich ist, weil man sich zum Beispiel nicht zurückziehen kann, dann muss man sich der Herausforderung stellen und versuchen, das Schlachtfeld auf den eigenen Beinen zu verlassen.«

Ein breites Lächeln entstand auf den schmalen Lippen von Uwe Hoverlandt. »Sie wollen Martin ernsthaft Boxunterricht geben?« Er sah seinen jüngeren Sohn an und runzelte ungläubig die Stirn. »Ausgerechnet ihm?«

»Na ja, wie gesagt, ich habe schon öfter gehört, dass er angegriffen wurde, und heute habe ich zum ersten Mal mit eigenen Augen gesehen, dass die Gegner nicht gerade zimperlich mit ihm umgegangen sind.«

»So etwas kommt vor«, erwiderte Hoverlandt grimmig. »Die Jungs müssen gelegentlich Dampf ablassen. Das ist doch nichts Bedrohliches.«

Piet Groot presste die Lippen aufeinander. Für Axel ein eindeutiges Anzeichen, dass ihm die Erwiderung von Franks Vater missfiel.

»Das sehe ich nicht so«, widersprach er. »Sie würden sich wundern, wie viele Meldungen über Gewalttaten von Jugendlichen täglich bei uns und bei vielen anderen Polizeidienststellen im ganzen Land eingehen.« Groot hob die Hand in einer gottergebenen Geste. »Und die Experten, also die Leute, die etwas von Statistiken und dergleichen verstehen, sehen einen besorgniserregenden Trend, dass solche Taten immer häufiger stattfinden.«

»Und was hat das mit meinem Sohn Martin zu tun?« In Hoverlandts Frage schwang deutliche Ungeduld mit.

»Wie gesagt, ich habe gehört, dass er schon öfter angegriffen wurde, deshalb mein Angebot, ihn gemeinsam mit Axel zu trainieren und ihm das Boxen beizubringen.« Groot winkte ab. »Natürlich nur in begrenztem Rahmen. Ich bin zwar kein lizenzierter Trainer, aber ich habe so meine Erfahrungen und denke, dass ich auch den einen oder anderen Kollegen aus dem Präsidium mit ins Boot holen könnte.«

»Und wenn meinem Sohn bei diesem Training etwas passiert?«, fragte Hoverlandt spitz.

»Gerade haben Sie die Tatsache, dass er öfter Prügel einstecken musste, damit begründet, dass Jungs ab und zu mal Dampf ablassen müssen. Über die Verletzungen, die er tatsächlich davongetragen hat, scheinen Sie sich bisher keine Gedanken gemacht zu haben.«

Es war, als würde ein Blitz durch Hoverlandts Körper fahren. Nur kurz zuckte er zusammen und richtete sich kerzengerade auf dem Sofa auf. »Das ist … das ist …«, keuchte er heiser.

Piet Groot ließ sich nicht aus der Ruhe bringen. Er war in seinem Element, und Axel wusste aus Erfahrung, dass er, wenn er erst einmal in Fahrt kam, nur schwer zu bremsen war.

»Mithilfe eines ausgewogenen Trainings, bei dem die beiden sicher auch viel Spaß haben werden, sollte Martin sich bald effektiv verteidigen können, sobald ihn jemand angreift.«

»Ich … ich weiß nicht, ob ich das zulassen soll«, druckste Uwe Hoverlandt herum. Sein Blick wanderte abwechselnd zu Frank, der neben ihm saß, und zu seinem Jüngsten, der inzwischen aus der »Lampendeckung« hervorgetreten war.

»Das ist natürlich nur ein Vorschlag von mir«, fuhr Groot fort. Fast unbemerkt hatte sich ein schmales Lächeln auf seinen Lippen gebildet. »Ich kann hier natürlich nichts erzwingen.«

»Das sehe ich allerdings genauso, und ich denke, wir werden Ihren … großzügigen Vorschlag …«

Der Unternehmer kam nicht mehr dazu, den Satz mit dem Wort ›ablehnen‹ zu beenden, denn sein Gegenüber fuhr ihm direkt in die Parade.

»Andererseits könnte ich mich auch veranlasst sehen, mich öfter nach dem Wohlergehen Ihres Sohnes zu erkundigen«, unterbrach Groot Hoverlandt. »Zum Beispiel, wenn er in der Schule ist oder wenn er mit meinem Sohn unterwegs ist, den er seit heute wohl als Freund ansieht.« Er zwinkerte wissend. »Das verstehen Sie doch, oder? Nur um sicherzugehen, dass es ihm wirklich gut geht, und um eventuell schnell eingreifen zu können, falls diese Rüpel, deren Namen Martin mir noch nicht verraten hat, erneut auf die Idee kommen sollten, ihn anzugreifen.«

»Sie würden …?«, stöhnte Hoverlandt, und seine Augen schienen ein wenig aus den Höhlen zu treten.

Groot wiegte den Kopf. »Nun, ich bin Hauptkommissar. Ich kann mir meine Arbeitszeit oft einteilen und selbst auf Streife gehen. Das wäre also kein Problem für mich.«

Martins Vater ließ sich zurücksinken und wirkte nachdenklich.

Sehr viel interessanter war, zumindest aus Axels Sicht, Franks Reaktion.

Der war bleich wie die Wand und blinzelte zwischen Piet Groot und Uwe Hoverlandt hin und her.

Der Feigling glaubt, dass sein Bruder ihn nicht verraten hat, und ist froh darüber, dachte er und fühlte eine kribbelige Heiterkeit in sich aufsteigen. *Aber dass Paps ihn öfters in der Schule besuchen und genauer im Auge behalten will, gefällt ihm überhaupt nicht.*

Ja, sein Plan war aufgegangen. Er hatte Hoverlandt in die Defensive gedrängt, mit einer Taktik, die er einem Buch über antike Kriegshelden entnommen hatte. Martins Vater würde sich hüten zuzugeben, dass er Franks Prügelattacken gegen den jüngeren Bruder geduldet hatte, denn wäre das bekannt geworden, hätte das ein übles Licht auf Uwe Hoverlandt und sein Geschäft geworfen.

Als Axel sah, wie Piet Groot Martins Vater aus der Reserve lockte, dachte er an einen Krimi, den er mal im Fernsehen geschehen hatte. Da hatte ein Kommissar – so einer, über den sein alter Herr nur mitleidig lächelte – einen Verdächtigen mit falschen Hinweisen in die Irre geführt und ihn letztlich als Täter bloßgestellt.

Die Art und Weise, wie sein Vater mit Uwe Hoverlandt sprach, erinnerte ihn an diese Szene.

»Glauben Sie wirklich, dass das nötig ist?«, fragte der Unternehmer. Er wirkte deutlich nervöser als zu Beginn des Gesprächs.

»Auf jeden Fall«, erklärte Piet Groot. Er beugte sich vor und sah seinen Gesprächspartner eindringlich an. »Wie gesagt, ich nehme solche Vergehen sehr ernst. Ich bin mir ganz sicher, dass die, die Martin das angetan haben, noch minderjährig sind.« Er hob die Augenbrauen und schaute Frank fast beiläufig an. »Und in diesem Fall würden die Eltern ebenfalls tief drinhängen.«

Axel stand seit Minuten regungslos an derselben Stelle und lauschte aufmerksam den Worten der Männer. Was sich da vor ihm abspielte, zog ihn regelrecht in den Bann, und er war gespannt, was als Nächstes geschah.

Zugegeben, es war seine Idee, sich um Martin zu kümmern und ihn auf diese Weise vor Frank zu schützen. Aber dass sich das Gespräch zwischen den beiden Vätern zu einem echten Rededuell ausweitete, damit hatte er nicht gerechnet.

Die Sekunden vertickten, zogen sich hin, und Axel hatte das Gefühl, Hoverlandts Antwort würde ewig auf sich warten lassen.

»Zuerst war ich skeptisch«, sagte dieser schließlich. Er wirkte wieder gefasster, jedoch keinesfalls so selbstsicher wie zu Beginn des Gesprächs. »Aber jetzt muss ich zugeben, dass mir Ihre Idee gefällt.« Er nickte, und es war ihm anzusehen, dass es ihm schwerfiel, klein beizugeben. »Ich bin einverstanden. Wenn Sie Martin unter Ihre Fittiche nehmen wollen, habe ich nichts dagegen. Ich könnte Ihnen sogar eine Aufwandsentschädigung zahlen, wenn Sie es wünschen, und …«

»Ich wünsche es nicht, Herr Hoverlandt«, unterbrach Groot und stand auf. Er streckte seinem Gegenüber die Hand entgegen und lächelte.

Das ist kein freundliches Lächeln, sondern das Lächeln eines Mannes, der einen Gegner besiegt hat.

»Ich mache das wirklich gerne.«

Hoverlandt erhob sich ebenfalls. Mit einer ruckartigen Bewegung schlug er ein. »Schön, dass wir uns einig geworden sind.«

»Das sehe ich auch so«, erwiderte Piet Groot. »Am besten fangen wir gleich Ende der Woche mit dem Training an.« Er drehte sich halb zu Martin um, der ebenso schweigend wie Axel dem Gespräch gelauscht hatte. »Freitagnachmittag, passt das?«

Der jüngste Hoverlandt im Raum nickte mit rot anlaufenden Ohren, und ein verhaltenes, aber dennoch glückliches Lächeln breitete sich auf seinen schmalen Lippen aus. »Sehr gerne, Herr Groot«, gluckste er.

»Dann ist es wohl abgemacht«, erklärte Axels Vater und sah erneut zu Frank. »Und wenn du Lust hast, kannst du auch mitmachen.«

»Wie bitte?«, fragte der kräftige Junge und wurde um eine deutliche Spur bleicher.

»Ja, klar, kein Problem«, sagte Piet Groot fröhlich. »Das wird super, und ehrlich gesagt, mit deiner Figur gibst du einen verdammt guten Sparringspartner für die Kleineren ab.« Er lachte. »Sollst mal sehen, in ein paar Wochen kannst du dich persönlich von den Trainingserfolgen überzeugen.«

»Ich denke, wir belassen es dabei, dass Sie Martin trainieren«, sprang Uwe Hoverlandt seinem ältesten Sprössling zur Seite. »Sein Terminkalender ist ziemlich voll.«

»Schade«, ließ der Hauptkommissar verlauten und zuckte bedauernd mit den Schultern. »Das Angebot steht auf jeden Fall, falls sich einmal die eine oder andere Gelegenheit ergeben sollte.«

Er verabschiedete sich von Frank und seinem Vater, winkte Martin zu und verließ den Raum in Richtung Ausgang.

Axel folgte ihm, ohne ein weiteres Wort zu sagen. Dafür tat er es seinem Vater gleich und winkte dem neuen Freund zu. »Bis Freitag dann«, rief er.

Als er ins Freie trat und Seite an Seite mit Piet Groot zum Auto ging, verspürte er eine Mischung aus Dankbarkeit und neu gewonnener Hoffnung.

Sie beide, Vater und Sohn, hatten das Richtige getan.

Wie Winnetou und Old Shatterhand setzten sie sich für einen Schwächeren ein. Und das fühlte sich verdammt gut an …

Zwischenspiel

Gegenwart: Sonntagnachmittag, rechtsmedizinische Abteilung

»Das sind also die Spaßbremsen, die mir einen unbeschwerten Nachmittag am Strand verdorben haben.«

Dr. Mirco Dammers, Leiter der Rechtsmedizin und erfahrener Notarzt, hob die Arme zu einer ausladenden Bewegung, die auf Hilka wirkte, als präsentiere er die beiden Toten auf den Untersuchungstischen wie Preise in einem Fernsehquiz.

Auf jemanden, der den schlaksigen Mediziner nicht kannte, hätte diese Geste pietätlos gewirkt, aber die Kommissarin schätzte sein Verhalten richtig ein.

Als Pathologe war Dammers eine absolute Koryphäe, die ihr Handwerk mit traumwandlerischer Sicherheit verstand und trotz manch unkonventioneller Geste die Würde der zu untersuchenden Leichen zu wahren wusste.

»Ich hätte heute auch Besseres zu tun, als mich hier einzufinden«, entgegnete Hilka und unterdrückte mühsam ein Gähnen, das sich aus den Tiefen ihres Körpers an die Oberfläche zu kämpfen versuchte.

Dammers, der um einen der Tische herumgegangen war und seinen Platz zwischen ihnen gefunden hatte, bemerkte den Müdigkeitsanfall und lächelte mitfühlend. »Schon gut, Frau Martens. Halten Sie sich nicht zurück. Ich bin selbst schon so oft durch Bereitschaftsdienste und eingeschobene Schichten überstrapaziert worden, dass ich erkennen kann, wenn jemand dringend in die Arme von Morpheus muss.«

»Das haben Sie sehr schön beschrieben«, erwiderte Hilka dankbar. »Aber leider werde ich in absehbarer Zeit nicht dazu kommen, mich hinzulegen und ein Nickerchen zu machen.«

Sie setzte die Lesebrille auf und zog einen Notizblock aus der Innentasche ihrer Jacke. Dann deutete sie auf die beiden Körper, die mit dünnen Tüchern bedeckt waren. Die hellen Deckenlampen strahlten sie direkt an und verliehen ihren Erscheinungen etwas Gespenstisches.

Fehlt nur, dass sie sich aufrichten und die Schauerroman-Atmosphäre vervollständigen.

»Was haben wir denn hier?«

Dammers nickte bedächtig. »Nun, ich habe meine Untersuchungen natürlich noch nicht einmal ansatzweise abgeschlossen, aber immerhin habe ich mir einen ersten Überblick verschafft.«

Er beugte sich über den Tisch, der vor ihm stand, und zog das Tuch so weit herunter, dass das Gesicht des Toten frei lag.

»Der Fahrer des BMW wurde, und ich denke, diese Theorie wird sich durch meine Untersuchung bestätigen, von zwei Kugeln getötet, die seinen Brustkorb durchschlugen. Der Tod muss sofort eingetreten sein. Ich gehe davon aus, dass er nicht einmal gemerkt hat, dass er ...« Dammers zögerte kurz, als suche er nach den richtigen Worten. »... dass er frontal in sein Opfer gefahren ist. Es ist davon auszugehen, dass er den Aufprall nicht völlig unverletzt überstanden hätte, aber letztlich werden es die beiden Schüsse gewesen sein, die sein Leben beendeten.«

So wie er jetzt sprach, klang Dammers wie ein Professor, der einen Vortrag vor Medizinstudenten oder Berufskollegen hielt. Ein süffisantes Lächeln breitete sich auf Hilkas Gesicht aus, als sie daran dachte, welch illustres Bild er abgegeben hätte.

Er, der zweifellos von Kollegen und Polizeibeamten – sie eingeschlossen – fachlich und menschlich mehr als nur geschätzt wurde und den die Menschen, die ihn etwas besser kannten, »das Chamäleon« nannten, hätte mit seinem kurz geschorenen, grün gefärbten Irokesenschnitt, dem auffälligen Diamantohrclip und dem funkelnden Nasenring ein wahrlich besonderes Bild abgegeben. Vor allem, wenn er vor einer Gruppe altmodischer und eher konservativer Professoren und Doktoren aufgetreten wäre.

Dammers' jetziges Aussehen gefiel Hilka besser als das vorherige. Da war er mit hellblond gefärbten, halblangen Haaren und einem leichten Make-up, das die Haut blasser erscheinen ließ, unterwegs gewesen. Damals hatte er wie einer seiner eigenen Kunden ausgesehen.

Er drehte sich um, zog das Tuch von der zweiten Leiche, und der Anblick des entblößten Gesichts erinnerte Hilka daran, warum sie so heftig reagiert hatte, als sie ihn am Tatort erkannt hatte.

Das eben verspürte Amüsement wich einem Gefühl der Beklemmung. Für ein, zwei Sekunden stockte ihr sogar der Atem. Sie starrte auf den Notizblock in ihren Händen und bemerkte, dass diese leicht zitterten.

»Geht es Ihnen gut?«, hörte sie die Frage des Gerichtsmediziners wie durch dicke Watte. Hastig nickte sie. »Ja, fahren Sie bitte fort. Es … es ist nur die Müdigkeit. Nichts weiter.«

Lügnerin. Es ist der Anblick des Toten. Das Bild, das sich dir geboten hat, als du ihm ins Gesicht geschaut und ihn erkannt hast. Und das dich völlig überrascht hat.

Dammers zögerte kurz, tat dann allerdings, worum sie ihn gebeten hatte.

»Das Opfer, das von dem Auto erfasst wurde, ist eindeutig an den daraus resultierenden multiplen Traumata gestorben«, erklärte er in sachlichem Ton. »Ein oberflächlicher Tastbefund hat mir gezeigt, dass fast alle Rippen gebrochen sind und infolgedessen auch mehrere innere Organe gequetscht wurden, was zu starken Blutungen geführt hat, die dann unweigerlich den Tod herbeigeführt haben.«

Hilkas Blick wanderte wieder zum Gesicht des Toten und blieb daran förmlich kleben.

Die Tatsache, dass es sich ihr vor nicht einmal 24 Stunden voller Leben präsentiert hatte, schnürte ihr regelrecht die Kehle zu. Normalerweise ging ihr ein solcher Anblick weit weniger nahe, aber dieses Mal war es anders. Schließlich hatte sie am Abend zuvor selbst noch mit dem Mann gesprochen und …

»Es sieht so aus, als hätte der Baumrindenerkunder in den letzten Sekunden seines Lebens auf den Fahrer des BMW geschossen und sich sozusagen für seine eigene Ermordung gerächt.«

Während Dammers sprach, hatte er die Toten angesehen und Hilkas bleiches Gesicht nicht wahrgenommen.

Sie zuckte zusammen, als der Gerichtsmediziner sie mit diesen Worten in die Gegenwart zurückholte. »Sieht so aus«, entgegnete sie und räusperte sich. »Die Spusi hat die Pistole, aus der die Schüsse abgefeuert wurden, nur wenige Meter von der Fichte entfernt gefunden. Die Waffe wurde dem Schützen offenbar aus der Hand geschlagen, als der Wagen ihn …«

»… erlegte?«, beendete der Gerichtsmediziner den Satz mit deutlich fragendem Unterton.

»Vielleicht ist das ein bisschen zu makaber ausgedrückt, aber …« Hilka stockte erneut, und wieder schien Dammers nicht zu merken, dass ihr zumindest der Anblick eines der Toten zusetzte.

»… aber leider trifft es ziemlich genau zu. Im Moment geht man davon aus, dass der Fahrer den Wagen absichtlich auf ihn gelenkt hat.«

Der Doktor schüttelte den Kopf. »Ich habe schon von einigen ungewöhnlichen Tathergängen gehört, doch das hier übertrifft alles.« Er breitete die Arme aus, als wolle er ein geheimnisvolles Ritual vollziehen. »Wenn ich das richtig verstehe, geht man davon aus, dass die beiden sich kannten und nicht wirklich mochten.«

Hilka ersparte sich eine Antwort, nickte aber bestätigend und verspürte den irrationalen Drang, das Gebäude zu verlassen. Sie war müde, genervt und vor allem verwirrt. Sie verstand einfach nicht, dass einer der beiden Toten …

»Sie treffen sich an einem abgelegenen Ort, und wir wissen im Moment nicht genau, worum es bei diesem Treffen ging, oder?«, fragte der Rechtsmediziner.

Die Kommissarin antwortete lediglich mit einem Kopfschütteln.

»Nun, die beiden treffen sich«, fuhr Dammers fort. Er deutete auf den Fahrer. »Der hier kommt mit seinem BMW, sieht seinen Konkurrenten, gibt plötzlich Gas und rast auf ihn zu, mit der klaren Absicht, ihn zu töten. Der Fußgänger zieht seine Pistole aus dem Holster und schießt dem anderen zwei Kugeln in den Leib, nur um eine Sekunde später von fast zwei Tonnen Stahl, die sich mit fünfzig Stundenkilometern bewegen, zermalmt zu werden.«

»Vielleicht auch umgekehrt«, warf Hilka seufzend ein und bereute bereits im selben Moment, den Mund überhaupt aufgemacht zu haben.

Der Gerichtsmediziner war nicht mehr zu bremsen. Er war nicht nur dafür bekannt, sein Äußeres alle paar Tage oder Wochen gründlich zu verändern, sondern ließ sich gerne dazu hinreißen,

Theorien über Tathergänge zu entwickeln. Diese waren zugegebenermaßen oft fundiert.

»Sie haben recht«, rief er aufgeregt und deutete auf den Mann, in dessen Körper kaum ein Knochen unversehrt war. »Dieser Bursche hier wartet bei der Fichte, hält die Pistole bereit und schießt, sobald der Wagen kommt. Er ist es, der den anderen töten will. Aber die erste Kugel geht daneben, oder sie trifft und tötet nicht sofort. Der Fahrer, von Panik und Schmerz erfüllt, gibt Gas, fängt sich eine zweite Kugel ein, aber sein Wagen rast auf den Schützen zu und BÄMM … er ist es, der sich rächt, aber er bekommt davon nichts mehr mit.«

»Sie sollten Ihren Job hier aufgeben und Ermittler werden«, schlug Hilka vor. »Ihre Theorien über den Tathergang sind sehr überzeugend.« Sie wiegte den Kopf. »Aber Axel Groot und ich sind schon genauso weit gekommen. Was uns helfen würde, wären stichhaltige Motive.« Die Kommissarin ließ ihren Blick zwischen den beiden Toten hin und her wandern. »Warum sollte der eine den anderen umbringen wollen? Was steckt dahinter? Warum haben sie sich in diesem Waldgebiet getroffen?«

»Dazu müsst ihr von der Kriminalpolizei nur die Spuren zusammenfügen, bis sie ein passendes Gesamtbild ergeben.«

Fast nahm Hilka an, dass Dammers diese Bemerkung ernst meinte, doch sein Grinsen verriet ihr, dass er sie nur ein wenig aufzog. Für einen kurzen Moment verzogen sich ihre Lippen, aber nur so lang, bis sie ihren Blick wieder auf den Toten richtete, den der BMW zerquetscht hatte. Das Lächeln zerbrach.

Dieses Mal bemerkte der Gerichtsmediziner den Gefühlswechsel. Er öffnete den Mund, vermutlich um nachzufragen, als Hilkas Handy summte.

»Entschuldigung«, rief sie, erleichtert, nicht mehr in die Verlegenheit zu kommen, darüber befragt zu werden, warum sie so bestürzt auf den Tod eines der Opfer reagierte.

»Bist du immer noch in der Gerichtsmedizin?«, fragte Groot am anderen Ende der Leitung anstelle einer Begrüßung.

»Ja, ich dachte, Dr. Dammers hätte vielleicht schon erste Ergebnisse.«

»Dann lass sie dir schnell geben und komm ins Büro. Michaelis hat mir die ersten Auswertungen seiner Untersuchungen gemailt. Ich möchte sie mit dir und Dyssen durchgehen und dann die nächsten Schritte planen.«

Axels Stimme klang gepresst. Er stand zweifellos unter Druck, was kein Wunder war, wenn man bedachte, wer den BMW gefahren hatte und darin zu Tode gekommen war.

»Gut, ich bin in einer halben Stunde da.«

»Mach zwanzig Minuten draus, dann sind wir im Geschäft.«

Groot unterbrach die Verbindung.

Hilka steckte das Smartphone mit einer langsamen Bewegung zurück in die Innentasche und schürzte die Lippen.

Natürlich wusste sie, dass dieser Fall für Aufsehen sorgen würde. Nicht nur aufgrund seines ungewöhnlichen Verlaufs, sondern vor allem wegen der Personen, die darin verwickelt waren.

Sie seufzte. Ihr Magen verhärtete sich schmerzhaft, als sie daran dachte, dass Lenski sich bestimmt noch in Norden aufhielt. Er würde es sich höchstwahrscheinlich nicht nehmen lassen, sich als Sonderermittler des LKA in den Fall einzuschalten und somit als Verbindungsmann zwischen der Kripo und den Hinterbliebenen der Toten zu fungieren.

Sie erinnerte an das kurze Gespräch, das sie mit ihrem ehemaligen Vorgesetzten am Abend zuvor geführt hatte, und ein eisiger Rückenschauer gesellte sich zu ihrem allgemeinen Unwohlsein hinzu.

»Nun«, sagte sie zu Dammers. »Wir müssen unser kleines Gespräch abkürzen. Ich brauche alles, was Sie über die Toten haben. Und ich brauche es so schnell wie möglich, denn der Chef erwartet mich in etwas mehr als einer Viertelstunde.«

Der Gerichtsmediziner nickte bedächtig. »Gut, ich werde mich beeilen, denn ich weiß, dass man den legendären Axel Groot nicht warten lässt.«

Dieser treffenden Bemerkung hatte Hilka nichts hinzuzufügen …

9. Kapitel

Vergangenheit: Samstagabend GeKuNo

»Ich hoffe, es geht Ihnen gut«, sagte der Mann, der auf Hilka und Rainer zugegangen war und dessen Anblick sie beide eben kurz aus der Fassung gebracht hatte.

Die Augen hinter den runden Brillengläsern wirkten so unschuldig. Ein sanftes Lächeln umspielte seine Mundwinkel, während er sich mit der rechten Hand durch das leicht gewellte Haar fuhr.

Die Kommissarin presste die Lippen fest aufeinander und schluckte langsam die scharfe Erwiderung hinunter, die ihr auf der Zunge lag.

Höflich bleiben, ermahnte sie sich innerlich. *Nicht unbedingt freundlich, aber höflich.*

»Sieh an, Herr Lenski«, sagte sie und zwang sich, die Mundwinkel ein wenig nach oben zu ziehen. »Ich hätte Sie hier nicht erwartet.«

Der einflussreiche Sonderermittler des LKA drehte sich so, dass er in die gleiche Richtung wie sie sah. Sein Lächeln wurde breiter.

»Ach, geben Sie es doch zu, Frau Martens. Sie haben mich nicht nur nicht hier erwartet, sondern gehofft, mir nie wieder über den Weg zu laufen.«

Besser hätte es Hilka nicht zu formulieren vermocht. Aufgrund einer dubiosen Situation, die zu nichts anderem als einer unverhohlenen Erpressung geführt hatte, war es Lenski gelungen, sie in sein Team nach Hannover zu holen.

Normalerweise hätte eine Versetzung in die Abteilung für Sonderermittlungen einen gewaltigen Sprung auf der Karriereleiter bedeutet, aber in Hilkas Fall war es eine Traumblase gewesen, die binnen kürzester Zeit geplatzt war.

Lenski hatte Hilka mit Aufgaben betraut, die weit unter ihrer Qualifikation lagen, und er hatte sie immer wieder vertröstet oder gar ignoriert, wenn sie nach verantwortungsvolleren Verpflichtungen verlangte.

Alles in allem war die Zeit in Lenskis Abteilung reine Vergeudung gewesen, und glücklicherweise war es ihr bei einer späteren

Gelegenheit gelungen, seine Nichte vom Verdacht eines Mordes zu befreien.

Damit hatte sie ein Druckmittel in der Hand besessen, mit dem es ihr geglückt war, eine Versetzung zu erlangen – zurück zur Kripo Norden. Insgeheim hatte sie immer befürchtet, der findige und hinterhältige Sonderermittler würde es dabei nicht bewenden lassen.

Und nun begegnete sie ihm hier, auf Uwe Hoverlandts Geburtstagsfeier, und die Art, wie er sich ihr näherte, erweckte ein tiefes Unbehagen in ihr. Ein eisiger Schauer rann ihr über den Rücken und eine dunkle Vorahnung stieg in ihr auf.

»Ich gebe nichts zu«, antwortete sie und ärgerte sich im selben Moment darüber. Blitzschnell lächelte sie. »Nachdem Sie mich sogar schon einmal als Mörderin gejagt haben, sage ich in Ihrer Gegenwart nichts ohne meinen Anwalt«, fügte sie hinzu und hoffte, damit den Eindruck zu erwecken, sich nur einen Spaß zu erlauben.

Der Sonderermittler blieb ihr eine Antwort schuldig, nahm einen Schluck und betrachtete schweigend die zahlreichen Gäste, die miteinander lachten, tanzten und sich lautstark unterhielten.

Hilka wurde bewusst, dass Dyssen, Lenski und sie selbst in ähnlicher Weise auffielen wie vorhin die Kollegen Hirsebiegel und Reinders.

Ohne auf ihren ehemaligen Vorgesetzten zu achten, setzte sie sich in Bewegung. Langsam schlendernd und sich unauffällig umsehend ließ sie ihn einfach stehen. Rainer folgte ihr, obwohl sie ihn bestimmt mit ihrem Aufbruch ebenfalls überrascht hatte.

Lenski jedoch blieb an ihrer Seite. Falls er durch ihr Verhalten verdutzt war, zeigte er es nicht. Im Gegenteil, er wirkte entspannt und nahm erneut einen Schluck aus dem Schwenker.

So wie er auftritt, würde er perfekt in unser verdecktes Team passen, überlegte Hilka. *Zumindest wenn er tatsächlich einer von uns wäre und nicht so eine aufdringliche Nervensäge.*

Sie beschloss, den Sonderermittler zu ignorieren. Stattdessen behielt sie, wie es ihre Aufgabe war, die Umgebung genau im Auge. Und schon nach wenigen Sekunden erkannte sie etwas, das sie mehr irritierte als Hubertus Lenski, der grinsend neben ihr herging.

Frank Hoverlandt stand, umringt von einigen Leuten, nah der Bühne, auf der sein Vater in Kürze eine Ansprache halten würde, und unterhielt sich, wie es der Kommissarin schien, prächtig.

Der hochgewachsene, flachsblonde Mann, den sie lieber in der Häftlingskleidung im Inneren einer Justizvollzugsanstalt gewusst hätte, plauderte scheinbar vergnügt mit den umstehenden Herrschaften, nahm gelegentlich einen Schluck aus einem Glas und wirkte dabei völlig entspannt.

»Das ist unfair, oder?«, flüsterte in diesem Moment eine Stimme zu ihrer Rechten.

Lenski hatte sich zu ihr geneigt und sah in dieselbe Richtung.

»Rücken Sie mir nicht so auf die Pelle«, knurrte Hilka, »sonst vergesse ich ganz schnell, wer Sie sind und dass Sie eigentlich ein hohes Tier darstellen.«

»Ich bitte um Entschuldigung«, sagte der Sonderermittler und trat – zu seinem Glück – ein, zwei Schritte zurück. Er stellte sich der Kommissarin dabei jedoch in den Weg.

»Da wird ein Mann diverser schwerer Verbrechen überführt«, monologisierte Lenski ungerührt weiter, »allen voran internationale Wirtschaftsspionage und Erpressung, und ist sogar in einen Mord verwickelt, der ironischerweise hier im GeKuNo begangen wurde, und was passiert?«

Obwohl die Frage eindeutig an Hilka gerichtet war, schwieg sie beharrlich. Wenn sie ihn weiterhin ignorierte, vielleicht zog er sich dann zurück und ließ sie in Ruhe. Doch der gewünschte Rückzug blieb aus, denn Lenski antwortete sich selbst.

»Sein Daddy heuert ein wahres Heer von Spitzenanwälten an, die jeden noch so kleinen juristischen Winkelzug kennen und auch ausnutzen, und so kommt es zu einem Deal, der einen enormen Medienrummel nach sich zieht und auch öffentliche Empörung hervorruft. Der Deal verschafft dem Verurteilten eine erschreckend kurze Haftstrafe, nach deren Verbüßung er nur noch eine fünfjährige Bewährungszeit zu überstehen hat.«

Lenski verschränkte die Arme vor der Brust und schüttelte den Kopf,

Er ist ein Arsch, aber leider hat er in diesem Fall nicht unrecht, stimmte Hilka ihm schweren Herzens zu. *Was damals vor Gericht ablief, war eine Schande.* Ein Seufzer entrang sich ihrer Kehle, als sie weiterging und das menschliche Hindernis achtlos zur Seite schob.

Frank Hoverlandt hat mithilfe des Deals eine Strafe bekommen, die im Vergleich zu dem, was ihm vorgeworfen wurde, wie ein Klaps auf den Hintern wirkt.

Es war, als würde man verzweifelt versuchen, einem aggressiven Mückenschwarm zu entkommen, denn Lenski trat schon wieder neben sie. *Der Mann ist ein Mensch gewordener Hundehaufen, man tritt hinein und wird die Scheiße und den Gestank nicht mehr los.*

»Das sehen Sie doch auch so, oder?«, fragte der Sonderermittler, als die Kommissarin erneut stehen blieb.

Sie ballte die Hände zu Fäusten und hörte trotz der Geräuschkulisse um sie herum deutlich das Knacken ihrer Knöchel. Kein gutes Zeichen, denn normalerweise bedeutete es, dass sie mit ihrer Geduld am Ende war.

»Was?«, fuhr sie ihn an. »Was soll ich auch so sehen?«

»Dass das, was mit Frank Hoverlandt passiert ist, so nicht hingenommen werden kann. Ich habe einen Antrag gestellt, der es mir und meiner Abteilung ermöglichen soll, weitere Ermittlungen gegen ihn durchzuführen.«

»Nur ein Esel nennt sich zuerst«, stellte Hilka klar. Sie sah zu Rainer Dyssen, der sich ein Stück von ihnen beiden entfernt hatte und vorausgegangen war. Er drehte sich um und warf ihr einen fragenden Blick zu.

»Wie bitte?« Über Lenskis Nasenwurzel bildete sich eine Unmutsfalte.

»Bei einer Aufzählung nennt man sich zuletzt.« Sie setzte an, ihn abermals einfach stehen zu lassen. »Das lernt man schon in der Grundschule.« Der Sonderermittler war bemerkenswert schnell und verstellte ihr zum zweiten Mal den Weg. »Reden Sie keinen Unsinn. Ich habe Ihnen angesehen, dass Sie mit dem, was mit Frank Hoverlandt passiert ist, nicht einverstanden sind. Sie wollen auch, dass dieses Schwein hinter Gittern landet.«

Hilka atmete tief durch. Sie versuchte sogar, bis zehn zu zählen – eine Technik, die ihr schon oft geholfen hatte, aufkommende Wut und unüberlegte Handlungen in den Griff zu bekommen.

Ihr wurde bewusst, dass sie kurz davor stand, völlig die Beherrschung zu verlieren und Lenski einfach zusammenzuschlagen und dann zu verhaften, weil er sie wiederholt bei der Ausübung ihrer Arbeit behindert hatte.

Aber das würde nicht funktionieren, schon wegen ihrer gemeinsamen Vergangenheit.

»Was wollen Sie von mir?«, zischte sie. »Warum gehen Sie mir nicht aus dem Weg und lassen mich in Ruhe?«

Lenski verdrehte die Augen. »Du meine Güte, Martens. Ist das wirklich so schwer zu erraten? Ich will Sie wieder in meinem Team haben.«

Fast wäre ihr im wahrsten Sinne des Wortes die Kinnlade heruntergefallen. Wie in einem dieser alten Cartoons von Tex Avery. Doch statt einer solch übertriebenen Reaktion ließ sich Hilka zu einem kurzen, humorlosen Lachen hinreißen. Sie schüttelte den Kopf. »Auf gar keinen Fall. Vergessen Sie's.«

Endlich fand sie die passende Gelegenheit, um ihren ehemaligen Vorgesetzten zu umrunden und ihren Weg fortzusetzen. Wie aufs Stichwort trudelten die ersten Meldungen der Kolleginnen und Kollegen über Funk ein. Alle hatten ihre Bereiche kontrolliert.

Hilkas Hand ruckte zum Ohr, um den kleinen Empfänger darin vor den umgebenden Geräuschen abzuschirmen. Diese Geste war ein überdeutliches Signal, das sogar Lenski verstand.

Er mochte mit seinem Anliegen noch nicht fertig sein, aber er zog sich dennoch zurück. Auch wenn er sie mit Sicherheit nur allzu gern weiter bequatscht hätte.

Als alle Statusmeldungen eingegangen und von ihr an Hagen Wilmert weitergeleitet worden waren, wischte sich Hilka über die Stirn. Sie spürte kalten Schweiß.

So ungern ich das auch zugebe, Lenski ist mir mit seinem Geschwafel unter die Haut gegangen.

»Alles in Ordnung?«, fragte Rainer. Er war wieder ein Stück näher gekommen. Sein Gesicht war von aufrichtiger Sorge geprägt.

Das Ganze hat mich so mitgenommen, dass Dyssen es sogar bei schlechtem Licht erkennt.

Sie nickte schnell. »Ja, alles in Ordnung, aber ich muss noch kurz etwas regeln. Dann bin ich wieder ganz an deiner Seite. Behalte die Umgebung im Auge, ja?«

Der Kommissaranwärter sah zu Lenski, als wüsste er, dass die zu regelnde Angelegenheit den Sonderermittler betraf.

Ach, was mache ich mir vor? Rainer ahnt es nicht nur, es ist doch sogar für einen Blinden mit Krückstock offensichtlich.

Dyssen kam ihrer Bitte nach. Er zog sich zurück und betrachtete das Partygeschehen, genauso wie sie es in den letzten Tagen immer wieder besprochen hatten und durchgegangen waren.

Hilka atmete tief durch und stellte sich direkt vor Lenski.

»Hören Sie mir gut zu, denn ich werde mich nicht wiederholen.« Sie sprach so leise, dass sie für ihren ehemaligen Vorgesetzten gerade noch verständlich war. »Ich nehme es Ihnen nicht übel, dass Sie mich gejagt haben, als alle dachten, ich hätte Dreck am Stecken. Sie haben damals nur Ihren Job gemacht. Ich nehme Ihnen auch nicht übel, dass Sie mich nicht meinen Fähigkeiten entsprechend eingesetzt haben, als ich Ihnen unterstellt war. So etwas kommt vor, auch wenn es eigentlich nicht in Ordnung ist.« Sie hielt einen Moment inne, um die Worte wirken zu lassen. Dann fuhr sie fort. »Was ich an Ihnen aber wirklich nicht ertrage, ist die Tatsache, dass Sie in meinen Augen ein völlig unfähiger Sonderermittler sind. Die meiste Arbeit machen Ihre Leute, während Sie das Lob und den Ruhm einheimsen und Ihr eigenes Karrierestreben in den Vordergrund stellen. Sie sind nicht der richtige Mann für diesen Job. Meiner Meinung nach sind Sie eine Lachnummer, die sich gewaltig überschätzt.« Sie kniff die Lippen zusammen und zuckte mit den Schultern. »Bitte, Sie wollen sich Frank Hoverlandt schnappen. Ich wünsche Ihnen viel Erfolg dabei, aber tun Sie es ohne mich. Bevor ich mich noch einmal in Ihre Abteilung versetzen lasse, nage ich mir lieber selbst alle Zehen ab und gehe in den Vorruhestand. Damit das klar ist.«

Hilka setzte an, sich abzuwenden, als ihr etwas einfiel, was sie beinahe vergessen hätte. »Das gilt übrigens auch, wenn Sie versuchen sollten, Hauptkommissar Groot zu übergehen und mich ohne seine oder meine Zustimmung versetzen zu lassen. Ich garantiere Ihnen, wenn Sie so eine linke Nummer abziehen, werden Sie mit mir in Ihrem Team ganz sicher nicht glücklich.« Sie beugte sich vor, bis sich ihre Nasenspitzen fast berührten, und kniff die Augen zusammen. »In diesem Fall würde ich auf meine eigene Karriere scheißen und Ihnen das Leben zur Hölle machen.«

Hilka drehte sich um und schlenderte zurück zu ihrem Kollegen. Rainer hatte mit Sicherheit nichts von dem mitbekommen, was sie eben losgelassen hatte, doch er kannte sie gut genug, um sie zufrieden anzulächeln.

»Hast du's ihm gegeben?«, fragte er.

Ihr eigenes Lächeln verbreitete sich, als sie nickte. »Aber so richtig, worauf du dich verlassen kannst.«

10. Kapitel

Vergangenheit: Herbst 1994, Bushaltestelle nahe dem Gymnasium in Norden

Intschu-tschunas Leiche wurde auf sein Pferd gebunden, worauf man um beide Erde häufte, bis sich das Tier nicht mehr bewegen konnte; dann bekam es eine Kugel in den Kopf ...

»Boah, krass«, entfuhr es Axel. Er war in Karl Mays Roman *Winnetou I* an jene Stelle gelangt, die die Beerdigung des Vaters des edlen Apachenhäuptlings beschrieb.

Er sah von den Seiten auf und fand sich nach seiner literarischen Reise durch die weiten Weidegründe der nordamerikanischen Ureinwohner in der herbstlichen Ungemütlichkeit eines grau verhangenen Regentages in Ostfriesland wieder.

Axel kniff die Lippen zusammen und war froh, in dem Häuschen an der Bushaltestelle Schutz vor dem Dauerregen gefunden zu haben. In der Schule war die letzte Stunde ausgefallen, weil sich der Sportlehrer bei irgendeiner nicht näher benannten Freizeitbeschäftigung die Außenbänder des Sprunggelenks gezerrt hatte.

Den jungen Groot störte das nicht sonderlich. Er hatte immer einen Roman oder ein Sachbuch bei sich, um Wartezeiten wie diese sinnvoll zu überbrücken.

Hausaufgaben waren, wie der Name schon sagte, für zu Hause bestimmt, und denen widmete er sich erst dann, wenn er dort ankam. Also zog er sich bei solchen Gelegenheiten gerne zurück, holte die mitgebrachte Literatur hervor und schmökerte vor sich hin, bis es Zeit war, in den Bus zu steigen.

So wie heute. Doch es sollte anders kommen.

Er wollte den Blick soeben wieder auf die Zeilen richten, um zu erfahren, wie sich Winnetou und sein Blutsbruder für den Tod Intschu-tschunas und Nscho-tschis rächen würden, als ihn eine Bewegung jenseits des Buchs davon abbrachte.

Axels Stimmung war wegen der tragischen Ereignisse in der Geschichte ohnehin im Keller. Als er aber erkannte, wer sich ihm auf dem Fußgängerweg näherte, sackten ihm die Mundwinkel vollends nach unten.

»Shit«, flüsterte er.

Frank Hoverlandt, der Grund für die Verstimmung, schlenderte direkt auf ihn zu, hatte seine Pranken in die Hosentaschen geschoben und pfiff leise vor sich hin. Er war allein, was in letzter Zeit nicht ungewöhnlich für ihn war, denn Bernie Delfs hatte Ostfriesland schon vor über einem Jahr verlassen, nachdem sein Vater nach Bayern versetzt worden war.

Arno Krahn hielt sich vom ältesten Hoverlandt-Spross ebenfalls fern. Kein Wunder, immerhin hatte dieser ihn einmal im Zorn gehörig verdroschen.

So war es gekommen, dass Frank sich zum echten Einzelgänger entwickelt hatte.

Einem Einzelgänger, an den sich nach wie vor niemand heran-wagte, denn er überragte die Schüler und Jugendlichen, die er in den letzten Jahren tyrannisiert hatte, noch immer um mindestens eine Haupteslänge. Die beeindruckenden Muskelberge, die durch ständiges Training anwuchsen und ihn wie aufgeblasen aussehen ließen, verstärkten die Bedrohlichkeit, die von ihm ausging.

Selbst jetzt, da er locker vor sich hin schlenderte, war zu be-fürchten, dass er die teure Lederjacke, die er trug, an den Ärmeln zum Reißen brachte, wenn er nur die Bizepse anspannte.

Axel steckte das Buch in den Rucksack, stellte diesen unter die schmale Bank, auf der er saß, und erhob sich langsam, wobei er sich ebenfalls zur vollen Größe aufrichtete.

Seine Eltern – und er selbst – waren sich sicher, dass er mit knapp vierzehn Jahren längst nicht ausgewachsen war. Immerhin hatte er den Abstand zu Frank Hoverlandts Gardemaß erheblich verkürzt.

Außerdem war er durch das intensive Training, das sein Vater ihm nach dem Gespräch auf dem Hoverlandt'schen Anwesen angedeihen ließ, ebenfalls kein hagerer Hungerhaken mehr.

Trotzdem wachsam bleiben, man weiß nie, welche fiesen Tricks dieser Dödel in petto hat.

»Ey Groot, was macht das Gehänge?«, rief Hoverlandt beim Näherkommen. Das Grinsen, das folgte, war breit und ein Hauch von Verschlagenheit war in ihm zu erkennen.

Er hat etwas vor wie von diesem hinterhältigen Kerl nicht anders zu erwarten ... ich muss aufpassen.

»Glaubst du tatsächlich, ein Spruch aus einem zugegebenermaßen coolen – Science-Fiction-Film macht dich cool?«

Frank blieb stehen und starrte Axel an, als hätte der ihn dazu aufgefordert, aus einem Gedichtband von Schiller zu zitieren.

»Film? Was laberst du da?«

»Ach, du kennst *Zurück in die Zukunft* nicht? Das ist schade, aber nicht verwunderlich. In dem Streifen werden keine Menschen abgeschlachtet, also kann er dich auch nicht interessieren.«

Hoverlandt hielt etwa fünf Meter Abstand, fast so, als hätte er Respekt vor Axel.

Tja, dass ich mich mittlerweile gut verteidigen kann, ist sogar diesem Vollhonk nicht entgangen.

»Willst du etwas von mir, oder warum bist du hier an die Bushalte gekommen?«

Der fragende Ausdruck auf dem breiten Gesicht seines Gegenübers wich einem zufriedenen Lächeln. »Ja, ich habe tatsächlich etwas mit dir zu bereden.«

Axel verschränkte die Arme vor der Brust, um zu demonstrieren, dass er von Hoverlandts Anwesenheit nicht sonderlich beeindruckt war ... obwohl er die Augen offen hielt und aufmerksam blieb.

Vielleicht hat er ein paar neue Idioten gefunden, die sich ihm angeschlossen haben und sich jetzt heranschleichen, während er mich mit seinem Gequatsche ablenkt.

Der junge Groot drehte sich um, kehrte zur Bank und setzte sich. Gleichzeitig sah er sich unauffällig um. Auf dieser Straße gab es nicht viele Möglichkeiten, sich unbemerkt zu nähern. Axel bezweifelte, dass sich Komplizen von Frank durch die Reihen der Vorgärten näherten und dabei Gefahr liefen, von den Hausbesitzern entdeckt zu werden. Auf der anderen Straßenseite wuchsen zwar ein paar Büsche, die sich im Bedarfsfall als Verstecke anboten, aber in Richtung Bushaltestelle gab es keine weitere Deckung. Aus diesem Grund rechnete Axel nicht damit, dass der blonde Schläger vor ihm auf Helfer zurückgreifen würde. Der junge Groot lehnte sich entspannt zurück und lächelte Frank Hoverlandt freundlich an.

»Dann schieß mal los«, forderte er ihn auf. »Was hast du mir denn so Wichtiges zu sagen, dass du bei diesem Scheißwetter hierherkommst, wo du dich doch sonst lieber von einem der Lakaien deines Daddys nach Hause fahren lässt?«

Frank zuckte zusammen. In ihm tobte vielleicht das Temperament eines wütenden Elefanten und mit seiner Intelligenz war es auch nicht weit her, aber er war mit Sicherheit nicht so dumm, dass er die verdeckte Beleidigung nicht bemerkt hätte.

Er verengte die dunklen Augen, und unter dem Leder der Jacke spannten sich bedrohlich die mächtigen Muskeln. Eine Erwiderung oder ein Angriff blieben jedoch aus.

Hoverlandt entspannte sich wieder. Sogleich erschien ein für ihn so typisches Grinsen auf dem Gesicht. »Mein Alter hat mir was erzählt.« Er gluckste wie ein kleiner Junge, der zum ersten Mal die Hand eines Mädchens hält.

»Und was hat dein verehrter Herr Vater berichtet?«, fragte Axel, nachdem sie sich eine knappe halbe Minute in die Augen geschaut hatten, ohne ein Wort zu sprechen. »Erzählst du es mir, oder muss ich auf einen Buzzer drücken und raten?«

Wieder ein Kichern. »Ich habe etwas über deinen Vater gehört.«

Das unangenehme Kribbeln auf Axels Rücken setzte von einer Sekunde zur nächsten ein. Nein, es war eher ein deutliches Brennen, als würde ihn jemand mit einer ätzenden Säure bestreichen.

Verdammt, er weiß es, schoss es ihm durch den Kopf.

»Mein Alter hat mir erzählt, dass dein Alter für längere Zeit weggeht. Zu irgendeiner bescheuerten Fortbildung oder so.«

Piet Groot hatte seinem Sohn vor einigen Tagen gebeichtet, dass er für ein paar Monate ins Ausland müsse, um an einem Lehrgang teilzunehmen, der mit Terrorismus zu tun hatte.

Axels Mutter, die schon länger eingeweiht war, hatte versucht, nicht besorgt zu klingen, aber es war offensichtlich gewesen, dass etwas an der ganzen Sache faul war. Er hatte sie irgendwann abends, als er im Bett lag, weinen gehört.

Er fürchtete, dass das, was da auf seinen Vater wartete, nicht ohne Risiko war.

Vielleicht war es sogar lebensgefährlich.

Schon seit Langem wusste Axel, dass das Leben eines Polizisten nicht selten von Gefahren bedroht wurde. Nicht umsonst trugen sein Vater und dessen Kollegen im Dienst geladene Waffen.

Mit einem Mal wurde ihm die Kehle eng. Das Atmen fiel ihm schwer. Er kam sich vor, als würde er mit einem voll beladenen Rucksack auf dem Rücken den Deich auf und ab rennen. Er erstarrte förmlich.

»Dein Alter geht weg.« Franks Stimme durchbrach den Kokon, den die plötzlich einsetzende Panik um Axel herumgewoben hatte.

Groot war ihm fast dankbar dafür, dass er ihn wieder in die Realität zurückholte.

»Und zwar für eine ganze Weile. Und weißt du, was das bedeutet?«

Natürlich war klar, worauf der Schläger hinauswollte. Aber das scherte ihn im Augenblick überhaupt nicht.

Eine andere Erkenntnis, die sich durch seine Hirnwindungen fraß, traf ihn härter als jede Prügel, die ihm zu verabreichen Frank jemals in der Lage gewesen wäre.

Er ärgerte sich maßlos über sich selbst, weil er erst jetzt begriff, dass sein Vater eventuell nicht unversehrt zurückkam, wenn er zu dieser geheimnisvollen Auslandsmission aufbrach.

»Das heißt, dein Welpenschutz ist abgelaufen.« Hoverlandt legte den Kopf schief und schlug gleichzeitig die geballte Rechte in die offene Linke. »Und Martins auch. Ich glaube, euch stehen ein paar sehr unangenehme Wochen bevor. Dein Papa ist nicht da, und meinem ist es egal, was ich mit euch anstelle.« Er nickte zufrieden. »Ja, ich glaube, wir werden viel Zeit miteinander verbringen ...« Ein Kichern folgte. »Zeit, die für euch sehr unangenehm werden wird.«

»Hör zu, du hirnlose Muskelmasse auf zwei Beinen«, fauchte Axel. Wie ein Sprinter, der sich vom Startblock abstößt, stürmte er los, überbrückte die wenigen Schritte zu seinem Gegenüber und blieb direkt vor ihm stehen. Er hielt den Blickkontakt und zuckte nicht mit der Wimper, als er weitersprach. »Du solltest besser aufpassen, dass die nächste Zeit nicht für dich unangenehm wird. Du bist allein, hast keinen Rückhalt mehr und lehnst dich immer ziemlich weit aus dem Fenster.« Eine kurze Pause, um die Worte wirken zu lassen. »Wäre doch schade, wenn du hinfällst und dir alle Knochen brichst, oder was für eine Tragödie, wenn dir jemand im Dunkeln auflauert und dir mal beibringt, was es bedeutet, echte Schmerzen zu erleiden.« Axel trat einen Schritt zurück, sah Frank nach wie vor unverwandt in die Augen. »So etwas kann schnell passieren, denn es ist nie gut, wenn man keine richtigen Freunde hat, keine Menschen, auf die man sich hundertprozentig verlassen kann.« Er atmete tief durch. »Du hast recht, mein Vater wird bald für eine Weile weg sein. Er wird Martin und mir nicht helfen können, aber wir sind trotzdem nicht allein. Da ist der Leiter des Präsidiums, mit dem wir befreundet sind und der nur zu gerne unser Training übernimmt. Oder der junge Kollege meines Vaters, Ludger Vogt, mit dem ich mich auch sehr gut verstehe und der sicher aufpassen wird, dass uns in der Zeit, in der mein Vater nicht da ist, nichts passiert.«

Ein erstaunliches Gefühl übermannte ihn. Es war, als stünde er unter den stürzenden Wassermassen eines eisigen Gebirgsbaches oder direkt auf dem Deich, bei tosendem Sturm, der heftige Böen über das Land fegte.

Diese Empfindung stärkte ihn, gab ihm Zuversicht, dass, selbst wenn Frank es wagte, einen Kampf vom Zaun zu brechen, er den Kürzeren ziehen würde.

»Tu, was du für richtig hältst«, forderte Axel den Hünen auf. »Schleich dich von hinten an, schlag mich, beleidige mich oder was dir sonst noch einfällt. Ich bin nicht allein. Es werden Leute kommen, die herausfinden wollen, was passiert ist … und das sind Leute, die sich auskennen. Denen kann man nichts vormachen oder verheimlichen. Sie werden herausfinden, wer Martin und mich angegriffen und zusammengeschlagen hat. Das garantiere ich dir.«

Es wurde still. Nur gedämpft drangen die Geräusche der vorbeifahrenden Autos an Axels Ohr. Es war, als stünde eine dicke, schalldichte Wand zwischen ihnen und ihm.

»Du könntest dich natürlich einfach umdrehen und weggehen. Das wäre ehrlich gesagt das Klügste.« Ein süffisantes Lächeln schlich sich in seine Mundwinkel. Ihm war klar, dass das, was er jetzt sagen würde, Frank bis ins Mark reizte, aber er hatte keine Wahl. Es musste raus, selbst auf die Gefahr hin, eine gewaltige Tracht Prügel verabreicht zu bekommen.

Er konnte nicht anders.

»Obwohl ich mir nicht vorstellen kann, dass du jemals in der Lage sein wirst, dich in einer schwierigen Situation für das Klügste zu entscheiden.«

Schweigen zwischen ihnen.

Frank stand vor ihm wie ein drohendes Mahnmal. Sie mochten fast gleich groß sein, dennoch fühlte sich Axel in diesem Moment wie ein Zwerg neben ihm. Und auch wenn ihm das Herz bis zum Hals schlug und ihm die Knie zitterten wie Espenlaub, wich er nicht zurück.

Ich habe ihn besiegt. Nicht mit Fäusten, aber ich habe ihn geschlagen. Und er weiß es.

Minuten vergingen, dehnten sich zu einem endlosen Band, und nur das Rauschen des Blutes dröhnte in seinen Ohren.

Dann – endlich – durchbrach ein Zischen die schalldichte Blase, die sie beide umhüllt hatte, und ließ sie platzen. Der Bus, auf den Axel gewartet hatte, hatte neben ihnen am Straßenrand gehalten. Das Geräusch stammte von der vorderen Seitentür, die sich öffnete.

Groot sagte kein Wort, als er sich umwandte und Frank den ungeschützten Rücken präsentierte.

Der greift mich nicht an. Jetzt nicht mehr. Nicht vor Zeugen.

Axel nahm den Rucksack und stieg in den Bus. Im Einstieg blieb er kurz stehen, warf einen letzten Blick auf Frank.

Der stand immer noch regungslos an der gleichen Stelle.

Ja, er war geschlagen, aber in seinen Augen erkannte Groot einen stummen Schwur.

Die Sache ist vorerst erledigt, doch sie ist längst nicht vorbei.

Er nickte.

Okay, wie er meint. Ich werde bereit sein.

11. Kapitel

Vergangenheit: Samstagnacht – GeKuNo ... mitten im Partygeschehen

Axel verlor den Überblick inmitten der Menschenmenge, die ihn wie ein aufgewühltes Meer umgab, und seine Stimmung verschlechterte sich.

Deutlich sogar, obwohl er ehrlich genug war zuzugeben, dass die Überraschung, Manuela getroffen zu haben, ebenfalls dazu beigetragen hatte, ihm den Abend zu verderben.

Ja, es war so, dass sich ihr Verhältnis seit der gemeinsamen Untersuchung in Emden gebessert hatte, dennoch war es weit davon entfernt, friedlich zu sein.

Was ist das nur mit uns beiden?, fragte er sich in Gedanken und ließ dabei – wohl mehr aus Ermangelung einer anderen sinnvollen Tätigkeit – den Blick schweifen.

Und warum schaue ich mich ständig um, obwohl ich privat hier bin?

Auf der Tanzfläche glitten Charlie und Martin Hoverlandt vor ihm über das Parkett. Sie wirkte dabei so ausgelassen, dass Axel beinahe vor Neid erblasste.

Er gönnte ihr den Spaß, immerhin hatte sie eine lange Zeit voller Selbstzweifel und großer Ängste hinter sich.

Groot stieß einen leisen Seufzer aus, der im ständigen Wechsel der Stimmen und den wummernden Rhythmen der Musik unterging. Langsam trat er zur Seite, wich einem tanzenden Paar aus und steuerte auf den Ausgang des Saales zu.

Erst nach Erreichen der weitläufigen Eingangshalle wurde ihm bewusst, dass er das fröhliche Treiben hinter sich gelassen hatte. Der Geräuschpegel hier hatte sich auf ein angenehmes Niveau gesenkt.

Zwei Wächter der CUSTODIA und eine junge Frau mit blonden Zöpfen sahen ihn fragend an. Die Sicherheitsleute hatten sich wohl mit der hübschen Garderobenfrau unterhalten, die sich mit den Unterarmen auf einen breiten Tresen lehnte. Hinter ihnen erstreckten sich Nischen voller Reihen von Kleiderhaken, auf denen Mäntel, Jacken und ähnliche Kleidungsstücke hingen.

Die junge Frau, die ein schlichtes schwarzes Kostüm trug, richtete sich schnell auf und setzte ein freundliches Lächeln auf.

Groot hatte nicht vor, das GeKuNo zu verlassen. Er wollte nur etwas frische Luft schnappen und steuerte wortlos den Ausgang an, um ins Freie zu gelangen.

Er hatte nicht einmal die Hälfte des Weges zur Tür hinter sich gebracht, als eine Stimme seitlich von ihm erklang. »Immer noch ein Mann des einfachen Volks, was?«

Axel versteifte sich, presste die Lippen aufeinander und atmete langsam aus. Natürlich wusste er, wer ihn da ansprach, wenn ihre letzte Unterhaltung auch schon lange zurücklag.

Schritte ertönten. Er drehte sich um, denn ihm stand nicht der Sinn danach, demjenigen, der auf ihn zukam, den Rücken zuzuwenden.

Frank Hoverlandt schien nah des zweiten Eingangs zur Halle gewartet zu haben und … na ja, irgendwas getan zu haben. Nun schlenderte er auf den Hauptkommissar zu und lächelte selbstgefällig.

Groot war damals, als er ihn während der Ermittlungen im Mordfall Dr. Cornelius Becker getroffen und befragt hatte, aufgefallen, dass er zwar nach wie vor kräftig gebaut war, aber längst nicht mehr so bullig und massig wirkte wie in seiner Jugend.

Inzwischen überragte Axel den ältesten Sohn der Hoverlandts sogar um einige Zentimeter.

»Das war ich schon immer und werde es auch immer bleiben«, antwortete er mit leichter Verzögerung.

Er gab es nur ungern zu, aber diese Begegnung mit seinem ehemaligen Peiniger legte sich wie eine dicke Decke über ihn und erschwerte ihm die nächsten Atemzüge.

»Ganz sicher?« Hoverlandt blieb etwa drei Meter vor Axel stehen.

Er hält Abstand, fiel dem Hauptkommissar auf. *Wahrscheinlich ein Überbleibsel unseres Treffens auf dem Schulhof, damals zu Beginn der Sommerferien, als …*

»Wenn du es so siehst, dann wird es so sein«, fuhr Frank fort und riss Groot aus den Erinnerungen. »Obwohl ich finde, dass das weder auf dich noch auf mich zutrifft.«

Axel runzelte die Stirn. »Wie meinst du das?«

»Nun, wir beide sind mit Sicherheit keine gewöhnlichen Menschen. Jeder von uns hat mehr als einmal Außerordentliches geleistet. Du auf deinem Gebiet und ich auf meinem.«

Fast hätte Groot gelacht. Er beließ es bei einem mitleidigen Lächeln. »Du hast Industriespionage betrieben und warst mit einer verurteilten Mörderin zusammen. Ist das deine Vorstellung von ›außergewöhnlich‹?« Er schnaubte verächtlich, ehe er sich die Frage selbst beantwortete. »Nein, gewiss nicht, aber vielleicht passt es besser, dass du dich mit einem billigen Deal aus dem Gefängnis geschummelt hast. Ist dieses armselige Manöver etwas, was du für außergewöhnlich hältst?«

Frank sah ihn stumm und unbeweglich an. Er wirkte wie zu Stein erstarrt, wie damals, als er beim Wortgefecht an der Bushaltestelle den Kürzeren gezogen hatte.

Nach Sekunden, in denen sich die Luft zwischen ihnen elektrisch aufzuladen schien, neigte er den Kopf ein wenig zur Seite und deutete zum Ausgang. »Sollen wir etwas frische Luft schnappen?«

Bevor Axel zu antworten in der Lage war, setzte sich Frank in Bewegung und verließ das Gebäude.

Groot sah ihm nach und fühlte zwei Seelen in seiner Brust miteinander ringen. Die eine forderte ihn unermüdlich auf, Frank zu folgen, denn die Zeiten, in denen er vor ihm ängstlich zurückwich, lägen längst hinter ihm. Die andere aber warnte ihn. Man könne nie wissen, ob er nicht in eine gut vorbereitete Falle tappte.

Axel schob die Bedenken beiseite, trat ebenfalls ins Freie und sah, wie Hoverlandt ein silbernes Etui öffnete und sich eine Zigarette zwischen die Lippen steckte. Er hatte sich einige Meter von der Doppeltür entfernt, stand vor der weitläufigen Grünfläche, auf der verschiedene Blumen und gepflegte kleine Büsche gepflanzt waren. Sein Blick wanderte empor zum Nachthimmel.

Als Groot sich näherte, wehten ihm graublaue Rauchschwaden entgegen.

»Ich hoffe, ich kann deine Frage beantworten, bevor du wieder auf mich losgehst«, sagte Frank, ohne den Blick vom Firmament zu nehmen.

»Natürlich«, antwortete Axel. »Bei mir bekommt jeder, der es ernst meint, die Gelegenheit zu antworten.«

Hoverlandt wandte sich ihm zu, nahm einen Zug von seiner Zigarette und stieß kräuselnden Rauch aus der Nase. »Vor ein paar Jahren hätte ich dir gesagt, dass ich mich und alles, was ich tue, tatsächlich für außergewöhnlich halte, doch ...« Er holte tief Luft und schüttelte den Kopf. Sein Blick wanderte ins Leere.

Groot versuchte, sein Erstaunen zu verbergen, aber der Anblick, den Frank ihm bot, überraschte ihn. Er wirkte ungewöhnlich nachdenklich, fast zerknirscht.

»... inzwischen sehe ich das alles ganz anders«, fügte Hoverlandt nach einigen Sekunden des Schweigens hinzu. »Ehrlich gesagt, und das wirst du mir vielleicht nicht glauben wollen oder können, hat mich das, was damals passiert ist und mich schließlich ins Gefängnis gebracht hat, sehr verändert.«

»Du bist sauer, dass sie dich erwischt haben, oder?«, wagte Axel einen Schuss ins Blaue. Das war die Antwort, die er am ehesten von seinem Gegenüber erwartete.

Erneut lag er falsch und wieder hatte er das Gefühl, dass Frank es absolut ehrlich meinte.

»Nein, oder besser gesagt, anfangs schon. Natürlich habe ich mich zuerst darüber geärgert, dass du mich wegen der ganzen Sache überführen konntest.«

»Ich habe das nicht alleine hinbekommen«, stellte Groot klar.

»Ja, natürlich, aber wie gesagt, ich habe vor Wut gekocht. Vor allem, weil ich mit dem Mord an diesem Becker wirklich nichts zu tun hatte. Nadine hat die Sache alleine durchgezogen und mich dann vor vollendete Tatsachen gestellt.«

Axel setzte zu einer Erwiderung an, doch Hoverlandt ließ ihn nicht zu Wort kommen.

»Ich weiß, dass ich sie hätte anzeigen müssen und dass ich mir allein durch dieses Unterlassen Schuld auflud, aber Hand aufs Herz, ich wusste nicht, was sie vorhatte, bevor sie es tat.«

Groot beschloss, es dabei zu belassen, selbst wenn er nicht bereit war, ihm vollständig zu glauben. Er nahm sich das Recht heraus, an Franks Aufrichtigkeit in der Angelegenheit zu zweifeln.

»Ich hoffe, du hast deine Lektion gelernt.«

Hoverlandt nickte. »Ja, auf jeden Fall. Ich bin in der Zeit hinter Gittern zu einem festen Entschluss gekommen, und ich werde …« Er brach ab und starrte Axel an, als wäre er soeben aus einem Traum erwacht oder als hätte er gemerkt, dass er kurz davor stand, zu viel zu verraten.

Groot beschloss, nachzusetzen. Das Gefühl, dass etwas Wichtiges vor ihm lag, etwas, das es unbedingt aufzudecken galt, wurde in diesem Moment übermächtig.

»Hast du deshalb deinen Einfluss auf die Firma ausgeweitet?«, fragte er.

Frank zuckte zusammen. Er runzelte die Stirn und trat einen Schritt zurück. »Wie? Ich meine, woher …?«

»Woher ich das weiß?«, fuhr Groot fort und schaffte es, seiner Stimme einen heiteren Unterton zu geben. Er klang, als hätte er in einem hochdotierten Pokerspiel einen überragenden Trumpf auf der Hand. »Ich habe meine Quellen. Und die verrieten mir, dass bei der Hoverlandt Holding einiges in Bewegung geraten ist, seit du wieder da bist. Es ist sogar die Rede davon, dass du die Geschäftsführung übernehmen willst.«

Vielen Dank, Rita Karst, auch wenn ich den Wahrheitsgehalt Ihrer Infos nicht überprüfen konnte.

»Du hast dich doch mehrmals mit verschiedenen Mitgliedern des Aufsichtsrates getroffen«, fügte er hinzu und merkte, dass sein Gegenüber regelrecht zusammenzuckte »Zum Beispiel mit Karsten Brunnder, Liane Steffen oder Peter Wolff, richtig?«

»Aber wie kann das …«, entfuhr Hoverlandt, bevor seine Stimme versagte.

»Besonders mit der Steffen, dem jüngsten Mitglied dieses Gremiums, warst du oft zusammen. Man hat euch öfters gesehen.« Axel lächelte. »Sie ist auch heute Abend hier. Ich habe sie die ganze Zeit mit einem Tablet-PC herumlaufen sehen.« Er ahmte mit den Fingern Bewegungen nach, als wären es kleine

Menschen, die hin und her liefen. »Immer unterwegs zwischen dir und den anderen Vorstandsmitgliedern.«

»Stimmt, daran habe ich gar nicht mehr gedacht«, bestätigte Frank. »Trotzdem bin ich überrascht, dass diese Information zu dir durchgedrungen ist.«

»Ist doch egal, wie oder durch wen«, entgegnete Groot. »Wichtig ist nur, dass ich mit dem, was ich gerade gesagt habe, richtigliege.«

Hoverlandts Miene verfinsterte sich. »Weißt du, eigentlich hatte ich gerade vor, mich dir anzuvertrauen, dir Dinge mitzuteilen, die du höchstwahrscheinlich sehr interessant gefunden hättest …«

»Und? Habe ich dir die Laune verdorben? Bist du jetzt sauer auf mich und lässt mich hier stehen, weil ich nicht würdig bin, ins Vertrauen gezogen zu werden?«

Axel wusste nicht warum, aber der alte Groll kehrte mit Macht zurück. Er fuhr ihm von einer Sekunde auf die nächste wie ein scharfes Skalpell durch die Eingeweide und ließ genau jene Wut in ihm hochkochen, die er an der Bushaltestelle verspürt hatte. Damals, als er Frank Hoverlandt zum ersten Mal erfolgreich die Stirn geboten hatte.

»Ich sage dir etwas, und ich meine es vollkommen ernst«, fuhr er fort, und plötzlich lag dieser schneidende Unterton in seiner Stimme, den er manchmal bei Verhören oder Vernehmungen einsetzte. »Wenn du mir deine Geheimnisse nicht mehr verraten willst, ist mir das egal. Ich glaube sowieso, dass du nur Bullshit erzählst.« Er legte eine kurze Pause ein, um zweimal tief durchzuatmen, dann fuhr er fort. »Was auch immer du mit dir herumschleppst und mir jetzt nicht mehr sagen willst, weil dir die Art, wie ich mit dir rede, nicht gefällt, ist mir im Moment egal. Denn eines sollte dir klar sein: Wenn es etwas Illegales ist, etwas, das gegen Recht und Gesetz verstößt, finde ich es auch ohne deine Hilfe heraus.«

Ein eisiges Lächeln breitete sich auf seinem Gesicht aus. »Und wenn ich herausfinde, dass du etwas ausgefressen hast, und das sollte mir als Ermittler, Seite an Seite mit anderen Top-Leuten, nicht schwerfallen, dann kommt die Strafe wie ein Schmiedehammer, ohne Aussicht auf Haftverkürzung oder irgendeinen

Deal, der dich vorzeitig rausbringt. Dann wird es richtig finster für dich. Versprochen.«

Frank versuchte, sich nicht anmerken zu lassen, dass die Worte ihn trafen, aber Axel erkannte es überdeutlich.

»Gut«, presste Hoverlandt hervor. Ihm war anzusehen, dass er fast nicht in der Lage war, die nötige Selbstbeherrschung aufzubringen, um sich nicht auf seinen Gesprächspartner zu stürzen.

Aber er beließ es dabei, nickte Groot zu und drehte sich mit einem »Wie du meinst« auf den Lippen um.

Mit schnellen Schritten stürmte er ins Gebäude zurück.

Axel sah ihm nach, schüttelte den Kopf und wandte sich dem üppigen Grün vor dem GeKuNo zu. »So nicht, Alter. So kommst du mir nicht davon.«

Es hatte angefangen zu regnen und die umstehenden Laternen ließen die fallenden Tropfen wie kleine Sternschnuppen aufleuchten. Ein kräftiger Windstoß fegte über den Platz vor dem Gebäude und kühlte Groots erhitztes Gesicht.

»Alles in Ordnung?«

Manuela stand wie aus dem Nichts gewachsen hinter ihm und sah ihn besorgt an.

Axel hatte nicht einmal bemerkt, dass sie näher gekommen war.

Schande über mich und meine Unachtsamkeit, ermahnte er sich innerlich.

»Ja, warum fragst du?« Er zwang sich zu einem Lächeln, das eine erfahrene Journalistin wie seine Ex sicher schnell durchschaute.

Auf ihrem Gesicht erschien ein Ausdruck, der ihm klarmachte, dass sie sich von ihm nicht hinters Licht führen ließ. »Du siehst aus, als kämst du gerade von der Beerdigung deines besten Freundes, deshalb frage ich.«

Groot schielte an ihr vorbei in Richtung Eingang und war sich nicht sicher, ob er Frank nicht doch besser hätte aussprechen lassen.

Wer weiß? Vielleicht wäre ich mit der entsprechenden Information in der Lage, schnell zu helfen oder etwas Schlimmes zu verhindern.

»Hey, was ist mit dir?«, fragte Manuela und kam näher.

Der Wind trieb ihm den Duft ihres Parfüms in die Nase, und für einen winzigen Moment wurde er in die Vergangenheit zurückversetzt. Genauer gesagt, an den Tag, an dem er sie kennengelernt hatte. Damals, als sie von einem Polizeieinsatz berichtet hatte, an dem er beteiligt gewesen war.

Er war an ihr vorbeigetrottet, in dunkler SEK-Einsatzmontur, mit Helm und in einen massigen, kugelsicheren Körperschutzschild eingebettet, während sie dem Einsatzleiter Fragen stellte.

Sie war nicht nur einfach heiß, ging es ihm durch den Kopf. *Schon damals war diese eigenartige Energie von ihr ausgegangen.*

Eine Energie, die ihn im Laufe der Jahre angezogen hatte wie das Licht die Motte, die ihn andererseits aber auch genauso oft abgestoßen hatte.

Wie zwei gleich gepolte Magnete, die nie zueinanderfanden.

Erneut drängte sich ihm die Frage auf: *Was ist das mit uns beiden? Warum bleiben wir nicht zusammen oder trennen uns endgültig? Wieso verlegen wir uns immer wieder auf dieses gegenseitige »Auf-die-Nerven-Gehen«?*

»Es ist nichts«, antwortete er und unterbrach den eigenen Gedankenfluss. »Ich bin nur etwas müde und dachte, ein wenig frische Luft würde mir guttun.«

»Du solltest reinkommen«, sagte Manuela und verzog die dunkelroten Lippen zu einem Lächeln. »Uwe Hoverlandt wird gleich seine verspätete Begrüßungsrede halten. Ich dachte, du würdest sie gerne hören.«

Axel erwiderte das Lächeln, obwohl ihm nicht danach zumute war, aber er nickte trotzdem. »Danke, die möchte ich um nichts in der Welt verpassen.«

Als er sie passierte, hakte seine Ex sich bei ihm ein, und es war fast so, als würde sie sich von ihm führen lassen.

Wie an diesem langen Wochenende, als wir im Regen durch Bremen spaziert sind, oder wie bei einem unserer regelmäßigen Waldspaziergänge.

Sie betraten das GeKuNo, und sofort fiel Groot auf, dass sich der Lärmpegel deutlich gesenkt hatte.

Hoverlandts Rede begann gerade, und die Gäste hörten ihm gebannt zu.

»Liebe Freunde, ich freue mich ganz besonders, dass ihr alle heute hierher gekommen seid. Aber bevor die Party richtig losgeht, möchte ich noch ein paar Worte an euch alle richten und im Speziellen an ein paar besondere Menschen hier.«

»Na, die Rede fängt nicht besonders einfallsreich an«, raunte Manuela Axel zu, als sie den Eingang zum Saal passierten.

»Vielleicht wird sie ja noch besser«, entgegnete er, aber er hatte seine Zweifel und war sich sicher, dass er recht behalten sollte.

12. Kapitel

Vergangenheit: Sommer 1995, Schulhof des Gymnasiums in Norden

Der Schlag traf Axel vollkommen unvorbereitet.

Die Wucht des Treffers riss seinen Kopf zur Seite, die Welt im Blickfeld verwandelte sich in einen Kreisel aus sich vermischenden Farben und Formen. Ein brutaler Schmerz zuckte blitzartig durch den Unterkiefer nach allen Seiten hin und schaltete das Denken und die Wahrnehmung für einen nicht messbaren Zeitraum komplett aus. Tiefste Dunkelheit wogte vor seinen Augen empor.

Das Nächste, was der junge Groot wahrnahm, waren der harte, asphaltierte Boden, auf dem er rücklings lag, und die Wärme eines sonnigen Vormittags, die darin gespeichert an ihn abgegeben wurde. Hinzu kam das widerliche Gefühl von etwas nicht minder Warmen, das ihm langsam und zähflüssig aus der Nase über die Lippen rann, von wo aus es einen metallischen Geschmack auf die Zunge legte.

Ach ja, und dann spürte er weiteren Schmerz, der ihm in heißen Wellen durch den Körper brandete, ausgehend von der Stelle, an der ihn die wuchtige Gerade getroffen hatte.

Die Umgebung schwankte – zumindest von seiner Warte aus. Obwohl er den Schulhof, das mächtige Turnhallengebäude und die vielen Mitschüler um sich herum erkannte, schienen sich die Umrisse all dieser Bauwerke und Personen nicht einigen zu können, wohin sie zu wandern hatten, um ein klares Bild zu formen.

Axel versuchte, das Dröhnen im Schädel und das wiederkehrende Stechen zu ignorieren, und glaubte sogar, die Stimme seines Vaters im Geiste zu hören, der ihm zurief: »Nach einem Treffer musst du so schnell wie möglich wieder auf die Beine kommen, hörst du? Du musst so schnell wie möglich aufstehen und den Kopf frei bekommen. Nur dann kannst du dich effektiv verteidigen.«

Ja, genau diese Worte hatte Piet Groot oft, so unsagbar oft, im gemeinsamen Training mit Martin und ihm benutzt.

Axel schüttelte den Kopf, versuchte so die Benommenheit loszuwerden, verschaffte sich aber lediglich zusätzliche Pein, die ihm ein heiseres Keuchen von den Lippen zwang.

»BÄMM«, erklang eine ihm nur allzu vertraute Stimme inmitten des Strudels aus Farben und Formen vor ihm. Die ganze Welt schien aus sich ständig überlappenden Umrissen zu bestehen und aus Bewegungen, die es gar nicht geben durfte.

»Wer sagt's denn?«, fuhr der Sprecher fort und lachte dabei, als wolle er sich für das Casting um die Rolle des Schurken im nächsten Bond-Film bewerben. »Ein Schlag, ein Treffer.« Wieder Gelächter, in das zwei weitere Stimmen mit einstimmten.

Scheiße, das gibt's nicht, durchzuckte es Axels benebeltes Gehirn. *Die beiden sind doch schon lange weg. Wie ist das denn möglich?*

Es waren unverkennbar Bernie Delfs und Arno Krahn. Ihre fiesen Lachen schlossen sich dem von Frank an. Sie vermischten sich förmlich miteinander zu einem Gekreische, das dem einer Hexe vom Blocksberg gleichkam.

Verdammt, ich glaube, ich halluziniere, befürchtete Axel und schüttelte nochmals den Kopf.

Abermals wurde der Schmerz übermächtig und drängte ihn fast in eine weitere Ohnmacht, doch er kämpfte dagegen an und verhinderte, dass sie wie ein nachtschwarzes Tuch über ihn fiel. Es geschah dabei ein kleines Wunder und seine Sicht klärte sich.

Von einem Atemzug auf den nächsten ergab die Fülle aus Umrissen und Farben wieder Sinn. Axel erkannte Frank, der die geballte Faust zum Himmel reckte und wie eine recht armselige Kopie der Filmgestalt Rocky Balboa aussah.

Bernie Delfs jubelte ebenfalls. Er stand Hoverlandt in Sachen Wuchtigkeit und Muskulatur nur geringfügig nach. Die beiden teilten sich mittlerweile sogar denselben kantigen Kurzhaarschnitt.

Krahn wirkte neben ihnen wie ein unterernährter Winzling. Trotzdem lachte er doppelt so laut wie seine Kumpels und starrte dabei mit verengten Augen in Axels Richtung.

Die drei wieder vereint? Das durfte nicht wahr sein.

Groot weigerte sich, zu glauben, was er sah. Er hatte zwar nach wie vor den Eindruck, die Welt würde sich farblich verschieben und zeitweise schwarz-weiß erscheinen, doch gab es leider keinen Zweifel daran, dass das Trio des Grauens aus Norden erneut zusammengekommen war.

»Wenn ihr gedacht habt, ich bin am Ende, dann habt ihr euch geirrt«, rief Frank Hoverlandt. Genau diese Worte waren es, die Axel nach zwei vergeblichen Versuchen endlich auf die Beine zurückbrachten. »Wenn ich schon im letzten Schuljahr eine Extrarunde drehen muss, dann zeige ich euch, wer hier das Sagen hat.«

Ja, Groot stand wieder auf den Füßen, aber er fühlte sich wie auf einem Boot in einem schweren Sturm. Er vermochte die Mitschüler, die sich um das Geschehen drängten und ungläubige Blicke zwischen ihm und den drei Schlägern hin und her pendeln ließen, ebenso wenig zu fokussieren wie die Gebäude, die Bäume, Büsche und Sträucher. Sogar die Wolken und die Sonne, die ab und zu hervorlugte, waberten umher und schienen in ununterbrochener Bewegung zu sein.

Er schüttelte den Kopf, unterdrückte aber den Impuls, die Augen zu schließen.

»Wenn dir schwindlig wird, sieh dich weiter um, behalte die Umgebung um Himmels willen weiter im Blick«, hallte ihm Piet Groots Warnung durch die Hirnwindungen.

Als hätte die Erinnerung an diese spezielle Trainingseinheit einen Schalter in ihm umgelegt, klarte sein Sichtfeld schlagartig auf. Das Flimmern und Gleiten der Konturen ließ nach.

Wie eines jener Wunder, von denen ich gelesen habe, dachte er und lächelte grimmig.

Einen kleinen Haken hatte die Sache dennoch. Sein linkes Auge schwoll von unten her langsam zu und schränkte das Blickfeld ein.

»Ihr dachtet alle, ich hätte keine Eier mehr«, durchbrach Franks Stimme die gespenstische Stille, die sich für einen Moment auf dem Schulhof ausgebreitet hatte. »Aber ich war nur nachsichtig mit euch allen.«

Axel sah sich um. Wo zum Teufel blieben die Lehrer? Gab es hier überhaupt einen Erwachsenen, der es mit Hoverlandt und seinen Schlägern aufnehmen würde?

Eigentlich hatten die meisten Schüler sich hier nur getroffen, um ein bisschen abzuhängen. Das Einzige, was hitzig gewesen war, waren die Gespräche über die Noten, die es an diesem letzten Vormittag vor dem offiziellen Beginn der Sommerferien in Form der Zeugnisse gegeben hatte.

Axel erinnerte sich, dass er mit Marli Siebert und ihrer Freundin Claudia Dellmann gesprochen hatte. Es war darum gegangen, dass sie sich von Herrn Lau, ihrem Mathelehrer, unfair behandelt fühlten.

Und dann … dann hatte er die Worte »Ey, Bullensohn« hinter sich gehört, sich umgedreht und die volle Breitseite in Form einer Riesenfaust abbekommen.

Die meisten Lehrer sind schon längst weg, beantwortete Groot sich die selbstgestellte Frage nach einiger Verzögerung. *Ist doch immer dasselbe, die hauen am letzten Schultag schneller ab als wir Schüler.*

»Ihr habt euch alle geirrt«, fuhr Frank fort. Obwohl er zügig sprach, lag etwas Schleppendes in seinen Worten. Axel kannte das von Leuten, die öfters mal einen über den Durst tranken.

Er ist besoffen.

»Ab heute bin ich wieder der Boss hier.« Hoverlandt schaute sich mit glasigen Augen um und deutete mit ausgestrecktem Zeigefinger in die Runde. »Und ihr, ihr alle, seid hier nur geduldet, solange wie es mir gefällt.« Der Hüne schwankte leicht und lachte krächzend.

Während der kurzen Ansprache fügte Axel gedanklich mehrere Erkenntnisse der letzten Tage zusammen. Er, Frank Hoverlandt, Sohn eines der reichsten Männer in Norden und Umgebung, wahrscheinlich sogar in Ostfriesland und Niedersachsen, hatte das Klassenziel nicht erreicht, was ihn sicher schon seit einiger Zeit zur Weißglut gebracht hatte. Und heute würde er deswegen ein Exempel statuieren.

Er würde beweisen müssen, dass er hier der Boss war.

Gerüchten zufolge war sein Alter über Franks schulisches Scheitern ebenfalls nicht erfreut gewesen, und was das bedeutete, vermochte sich Axel nicht einmal ansatzweise vorzustellen. Martin hatte sich nicht im Detail dazu geäußert, aber ein paar Andeutungen waren ihm doch herausgerutscht, und demnach war ihr Senior sogar handgreiflich gegenüber Frank geworden. Etwas, wozu er sich sonst nie hatte hinreißen lassen.

Wenn man dieses Wissen mit Franks derzeitigem Verhalten in Verbindung brachte, ergab das Ganze einen fast schon tragischen Sinn.

Er, für den es bislang keine Grenzen gegeben hatte, fühlte sich blamiert bis auf die Knochen. Logisch, dass er allen zeigen musste, dass er jemand war, vor dem man sich in Acht zu nehmen hatte.

Und genau diese Erkenntnis fraß sich wie Säure durch Axels Eingeweide.

Er hatte es satt, zurückzuweichen oder diplomatisch zu sein. Er hatte es satt, Frank mit bissigen Sprüchen zu attackieren, obwohl er wusste, dass er ihm auch körperlich mindestens ebenbürtig, vielleicht sogar überlegen war.

Das Training seines Vaters und später das der Kollegen Vogt und Oltmann hatte deutliche Spuren hinterlassen. Zusammen mit dem Wachstumsschub der letzten Monate war er zu einem ernstzunehmenden Gegner herangewachsen. Zumindest für Schläger wie Frank und seine Spießgesellen.

Kein Wunder, dass er ausgerechnet mich geschlagen hat. So meint er, Eindruck zu schinden.

Axel holte tief Luft und ballte die Fäuste. Es war an der Zeit, klare Kante zu zeigen.

»Wie wär's, wenn du mir beweist, dass du hier der Boss bist, bevor klar wird, dass du nur heiße Luft von dir gibst?«, rief er, so laut es ihm möglich war.

Hoverlandt erstarrte, dann drehte er sich um und grinste Groot entgegen. »Du bist wirklich zäh, das muss ich dir lassen«, sagte er. »Aber du hast auch 'nen kompletten Dachschaden, wenn du meinst, mit solchen Sprüchen straflos durchzukommen.«

Bernie und Arno standen reglos. Sie schienen weder glauben zu können, dass er wieder auf den Beinen war, noch, dass er den Mumm hatte, so mit ihrem Anführer zu reden.

Groot trat zwei Schritte vor. In seinem Kopf rasten die Gedanken nur so hin und her.

Wenn sie gemeinsam angriffen, hatte er keine Chance, das war klar. Die einzige Möglichkeit hätte darin bestanden, Frank in einer schnellen Attacke zu überrumpeln und seinen Begleitern so vielleicht den Mut zu nehmen.

Doch dazu würde es nicht kommen. Wie nicht anders zu erwarten, gab der massige Anführer seinen Kumpanen ein Zeichen – er hob stumm das Kinn in Groots Richtung – und schon setzten sich Bernie und Arno in Bewegung.

Dieser feige Bastard. Traut sich allein nur zu einem Überraschungsschlag, ansonsten greift er nur mit Verstärkung an.

Für die Dauer von zwei, drei Schlägen seines wild pochenden Herzens verschwamm die Umgebung vor Axels Augen. Der Drang, die Flucht zu ergreifen, einfach wegzulaufen und sich zu verstecken, bis man sich gefahrlos hinauswagen konnte, wurde übermächtig. Doch er widerstand dem Impuls. In ihm festigte sich der Entschluss, die bevorstehende Auseinandersetzung so tapfer zu bestehen wie nur irgend möglich. Auch wenn für ihn allein – und das war er, denn kein Mitschüler machte Anstalten, ihm zur Seite zu stehen – nicht die geringste Aussicht auf Sieg bestand.

Wie bei Jim Bowie, Davy Crockett und all den anderen Kämpfern in Alamo, als sie sich der mexikanischen Übermacht entgegenstellten, dachte er bitter. Es war schon seltsam, was einem in den Sinn kam, wenn man im Begriff war, die Tracht Prügel seines Lebens einzustecken. Arno näherte sich von rechts, Bernie von links und Frank trat, deutlich langsamer, von der Mitte her auf ihn zu.

Sie waren schon auf vier, fünf Meter herangekommen, als Axel aus den Augenwinkeln mitbekam, wie sich jemand einen Weg durch die Menge bahnte. Dieser Jemand überragte alle Schaulustigen und wirkte wie ein zu groß geratener Fremdkörper inmitten der verschüchterten Menschenmasse.

Die drei Schläger blieben, sichtlich irritiert, stehen, und so wagte Groot es, den Kopf zu drehen und genauer hinzuschauen, wer sich da näherte.

Axel kannte den Jungen, der unter all den Schülern einen Sonderstatus genoss und der sich bisher kein einziges Mal um Frank Hoverlandt hatte sorgen müssen.

Ganz einfach, weil er ihn um eine halbe Kopflänge überragte und sehr viel kräftiger war.

Jeder hier wusste, dass Bruno Asbeek die Körperkraft eines ausgewachsenen Ochsen besaß und mit Frank problemlos fertiggeworden wäre. Doch der Koloss, der sich trotz seiner Leibesfülle erstaunlich schnell zu bewegen vermochte, hatte sich bisher aus allen Raufereien auf dem Schulhof herausgehalten. Das war wohl auch besser so, denn man konnte davon ausgehen, dass dort, wo er im Bedarfsfall zuschlug, kein Gras mehr wuchs.

Es gab viele an der Schule – einige Lehrer eingeschlossen –, die ihn für beschränkt hielten. Doch diese Gerüchte strafte Bruno im Unterricht immer wieder Lügen. Er hatte mehrfach bewiesen, dass er clever war.

Das war wohl auch besser so, denn man konnte davon ausgehen, dass dort, wo er im Bedarfsfall zuschlug, kein Gras mehr wuchs.

Aber jetzt hatte es dieser Riese von einem Vierzehnjährigen eilig, einen menschlichen Schutzwall zwischen Frank mitsamt Kumpanen und Axel zu bilden.

»Drei gegen einen ist unfair«, donnerte Asbeek und ballte die Fäuste so wie Groot. Nur erinnerten seine in Größe und Form eher an massive Dampframmen aus dem frühen zwanzigsten Jahrhundert.

»Ihr beide.« Er deutete auf Hoverlandts Begleiter. »Ihr haltet euch zurück.« Als Nächstes wandte er sich an den Anführer des Trios. »Wenn es etwas zu klären gibt, dann nur zwischen dir und Axel. Ist das klar?«

»Was mischst du dich da ein?«, fauchte Frank und trat vor. »Verpiss dich, bevor wir dich …« »Öhm, Alter«, wurde er von Krahns zögerlicher Stimme unterbrochen.

Asbeeks Anblick hatte ihm zweifellos zugesetzt. Arnos Gesichtsfarbe hatte sich blitzartig von rosig zu aschfahl verändert.

Normalerweise war der Anführer der Schlägertruppe nicht so leicht von einem Vorhaben abzubringen. Aber der nervöse Unterton in der Stimme seines hageren Mitläufers ließ ihn innehalten.

Er stoppte damit, Bruno, der ihn an Größe und Masse weit in den Schatten stellte, zu beschimpfen, und wich sogar ein paar Schritte zurück.

»Okay, okay ... alles klar ... wir erledigen das nach deinen Spielregeln«, lenkte Frank ein.

Er wandte sich an Bernie und Arno. »Ihr haltet euch raus. Das geht nur Groot und mich etwas an.«

Der Klang der Stimme verriet eine gewisse Brüchigkeit. Die Entwicklung der Ereignisse, vor allem aber das Auftauchen von Bruno, der sich schützend vor seinen Gegner stellte, hatten ihn eindeutig aus der Fassung gebracht.

Asbeek wandte sich Axel zu, der sich während des kurzen Wortgefechts erholt hatte. Der Schwindel hatte sich verzogen und das stechende Pochen hinter der Stirn war kaum noch zu spüren.

»Sieht so aus, als käme es jetzt auf dich an«, brummte der Hüne.

»Da hast du wohl recht«, stimmte Groot zu. Ein ekelhaft metallischer Geschmack, der sich ihm auf die Zunge gelegt hatte, ließ ihn ausspucken. »Ich bin dir sehr dankbar, dass du mir geholfen hast, aber mich würde trotzdem interessieren, warum du das tust.«

Die letzten Worte verließen ihn im Flüsterton und erreichten so nur Asbeek.

Der fleischgewordene Koloss mit den abstehenden Ohren grinste breit und entblößte eine beträchtliche Lücke zwischen den beiden oberen Schneidezähnen.

Abgesehen von dieser Größe und seinem Körperbau sieht er eigentlich freundlich aus. Fast so wie ein gutmütiger Riese aus einem Märchen oder Fantasy-Roman.

»Wir haben einen gemeinsamen Freund«, antwortete Bruno ebenso leise. »Er hat mir vorhin erzählt, dass Frank heute etwas gegen dich vorhat, und deshalb habe ich mich bereitgehalten.«

Martin, schoss es Axel durch den Kopf, *er meint Martin, kein Zweifel.*

Doch wo war ihr gemeinsamer Freund? Groot hatte ihn bislang nicht gesehen. Besonders in den letzten Unterrichtsstunden hatte er sich darüber gewundert. Der ursprüngliche Plan hatte vorgesehen, ihn nach dem Mittagessen anzurufen.

»Er ist heute zu Hause geblieben, weil er Angst hatte, dass Frank ihn mit mir in Verbindung bringt«, erklärte Asbeek und erweckte damit bei Axel den Eindruck, als könne er Gedanken lesen. »Aber er wollte sich später mit uns treffen.«

Bruno sah zu Frank hinüber, der mit geballten Fäusten dastand, offenbar in Erwartung eines Überraschungsangriffs.

Groot würde ihn dahingehend enttäuschen. Er erinnerte sich an die Ratschläge seines Vaters, die aus Sätzen wie »Bringe die Schlacht immer zum Gegner, niemals zu dir nach Hause« oder »Wenn du angreifst, dann tue es niemals unüberlegt, sondern voller Aufmerksamkeit und Überlegung« bestanden.

Axel zog die Jacke aus und reichte sie Bruno. »Halt das mal«, bat er und krempelte die Ärmel seines Baumwollhemdes hoch. »Bin gleich wieder da.«

Ohne weiteres Zögern ging er in Frank Hoverlandts Richtung davon.

13. Kapitel

Gegenwart – Dienstag, später Nachmittag, Büro von Hauptkommissar Axel Groot

»Sie haben nichts vorzuweisen«, schnaubte Uwe Hoverlandt. »Nichts, rein gar nichts.«

Der Vorwurf war unüberhörbar und mischte sich mit jener Form von Arroganz, die Hilka in den vergangenen zwei Wochen bei dem Großunternehmer häufiger erlebt hatte.

Letzteres verwunderte sie sehr. Doch eben diese Arroganz stellte einen solch dominanten Teil seiner Persönlichkeit dar, dass er sie selbst jetzt, angesichts größter Trauer, nicht zurückzuhalten in der Lage war.

Und die Trauer über den Tod des Sohnes saß tief in ihm, das war mehr als deutlich. Immerhin war Frank Hoverlandt von zwei Kugeln getötet worden, wobei eine davon die Herzarterie zerrissen hatte.

»Sie irren sich«, antwortete Axel Groot, und die Ruhe, die er ausstrahlte, erstaunte Hilka ebenfalls. Sie wusste um das schwierige Verhältnis zwischen ihm und der Familie des Erschossenen. Nicht bis ins letzte Detail, doch so weit, dass sie ahnte, wie schwer es dem Hauptkommissar fiel, in dieser Situation die Fassung zu bewahren und es dem alten Mann vor ihm nicht gleichzutun und sich abfällig zu äußern.

»Sie irren sich gewaltig, Herr Hoverlandt«, fuhr er fort. »Wir tun alles, was in unserer Macht liegt, haben mittlerweile fast alle Gäste Ihrer Party sowie Mitarbeiter des Zentrums und der verschiedenen Hotels befragt. Zudem sind alle verfügbaren Spuren ausgewertet worden. Außerdem wurden die gerichtsmedizinischen Untersuchungen abgeschlossen.« Er atmete tief durch. »Mehr is in zwei Tagen einfach nicht möglich.«

Der weißhaarige Milliardär winkte ab und taumelte einen Schritt zurück. Er schien seit der GeKuNo-Party um mindestens zehn Jahre gealtert zu sein. Er wirkte wie ein Schatten des ständig nörgelnden, aber dennoch kräftigen Mittsiebzigers, der Hilka und das gesamte Sicherheitsteam von Polizei und CUSTODIA wochenlang in Atem gehalten hatte.

Martin trat reaktionsschnell vor, umfasste den Unterarm seines Vaters und stützte ihn. »Ganz ruhig«, flüsterte er. »Ich bin ja bei dir.«

Für zwei, drei Sekunden schien der alte Hoverlandt förmlich in sich zusammenzufallen, als verließen ihn alle Kräfte.

Doch dieser Moment verging. Mit einem Ruck richtete er sich wieder auf, entriss seinem Jüngsten mit einer energischen Bewegung den Arm und verengte die Augen in der für ihn so typischen kampfbereiten Art.

»Natürlich gehörst du zu mir«, knurrte er, ohne Martin nur eines Blickes zu würdigen. »Jetzt, wo du der einzige Erbe bist, wirst du mich nicht gegen dich aufbringen wollen.«

»Aber Vater ...«, stöhnte der junge Hoverlandt und brach dann ab, weil er offenbar einsah, dass Widerworte nicht weiterhalfen.

»Und Sie«, zischte der Alte. Selten hatte Hilka einen so giftigen Unterton in einer Stimme vernommen. Es war ein Wunder, dass Axel nicht tot umfiel, denn er war das Ziel der nächsten Worte.

»Sie können mir viel erzählen, Groot. Ich glaube Ihnen nichts.«

Hoverlandt senior deutete auf einen anderen Anwesenden, der nahe der Tür stand und sich bisher zurückgehalten hatte, vermutlich aus reinem Selbsterhaltungstrieb und damit verbundenem Kalkül.

»Herr Lenski teilt meine Meinung über Ihre Qualifikation und die dieser ganzen verkorksten Einheit, oder wie Sie sie nennen. Er hat mir versprochen, sich dafür einzusetzen, dass die Leitung der Ermittlungen bald jemandem übertragen wird, der über weitaus mehr Kompetenz verfügt.«

Hätte Hoverlandt, der sich wie das schwankende Abbild eines wutentbrannten Greises vor Axels Schreibtisch aufgebaut hatte, seine Worte an Hilka gerichtet, sie hätte sich nicht zurückgehalten und ihn gehörig zur Schnecke gemacht.

Trauer hin oder her.

Groot aber blieb völlig ruhig. Er lehnte sich im Stuhl zurück, als suche er eine geeignete Position, um sich zu entspannen, und verschränkte die Arme vor der Brust.

»Zunächst einmal«, sagte er, nachdem er einige Sekunden schweigend in die zornig funkelnden Augen seines Gegenübers geblickt hatte, »steht Herrn Lenski eine solche Aussage nicht zu. Der Fall ist und bleibt in den Händen der zuständigen Staatsanwaltschaft, die sich weiterhin auf unsere Ermittlungsarbeit verlässt.« Axels Miene blieb in der folgenden kurzen Pause völlig ausdruckslos. »Ich habe vor Ihrem Eintreffen mit meinen direkten Vorgesetzten telefoniert und mir diesen Status noch einmal bestätigen lassen.«

»Herr Hoverlandt mag mich da missverstanden haben, ich habe nie …«, versuchte Lenski sich in das Gespräch einzumischen, doch ein kurzer Seitenblick des Hauptkommissars brachte seinen Redefluss fast augenblicklich zum Erliegen.

»Außerdem müssen Ermittlungsergebnisse erarbeitet werden. Sie hängen nicht wie reife Früchte an den Bäumen, die man einfach so pflückt, sondern sind das Ergebnis von Spurensicherung, ausführlichen Befragungen, weiteren Ermittlungen und, und, und …« Groot atmete tief durch. »Sie lassen sich weder planen noch herbeizaubern. Sie richten sich nicht nach Fristen oder Zeitplänen. Kein Einfluss, sei er monetärer, politischer oder sonstiger Art, kann Erkenntnisse herbeizaubern. Und deshalb nützt es auch nichts, mit einem prominenten Namen Druck aufbauen zu wollen. So funktioniert die Arbeit in einer Mordermittlung nicht.«

Groot ließ die Worte wirken. Er richtete sich im Stuhl auf und nahm eine angespanntere Haltung ein.

Jetzt kommt das Finale seiner kleinen Rede, war sich Hilka sicher. Sie hatte ihren Chef schon öfter in ähnlicher Weise agieren sehen.

»Abschließend versichere ich Ihnen noch einmal, dass wir mit Hochdruck an der Lösung des Falles arbeiten. Alles, was in unserer Macht steht, und das ist nicht wenig, wird eingesetzt, um die Umstände aufzuklären, die zum Tode Ihres Sohnes führten.«

Schweigen kehrte in das kleine Büro des Hauptkommissars ein. Doch dabei blieb es nicht.

Ein leises Schluchzen durchdrang die Stille.

Hilka hob die Augenbrauen, als sie erkannte, dass es von Uwe Hoverlandt stammte, der sich an Martin lehnte. Offensichtlich war der alte Mann am Ende seiner Kräfte angelangt.

Tränen bahnten sich ihren Weg und rannen ihm über die faltigen Wangen. Langsam und kraftlos schüttelte er den Kopf und ließ das Kinn auf die Brust sinken.

»Er ist tot«, flüsterte Hoverlandt mit erstickter Stimme.

Martin griff nach einem der beiden Besucherstühle und schob ihn in eine Position, dass sein Vater darauf Platz fand. Sofort sackte der Oberkörper des Alten auf die Schreibtischplatte. Er vergrub sein Gesicht in den Armen.

»Mein Junge ist tot«, ertönte es gedämpft. Ein weiteres Schluchzen folgte. »Er ist tot …«

Die Phase, in der die beiden Kommissare, der Sonderermittler des LKA und Martin schweigend zusahen, wie der alte Mann leise vor sich hin wimmerte und ein wahres Bild des Elends abgab, dehnte sich zu einer kleinen Ewigkeit aus.

Hilka empfand es jedenfalls so, und fast entfuhr ihr ein Seufzer der Erleichterung, als Uwe Hoverlandt sich ruckartig aufrichtete und mit einer schnellen Bewegung des Ärmels über die Augen wischte.

»Es tut mir leid«, flüsterte er und tupfte die Tränen weg. »Es tut mir wirklich leid.«

Die Kommissarin spürte eine Schwere in sich wie nie zuvor. Es war, als ziehe ihre Körpermitte sie unaufhaltsam zu Boden.

»Das ist nicht nötig«, antwortete sie, als offensichtlich niemand der Anwesenden dem alten Hoverlandt Trost zu spenden in der Lage war. »Sie haben Ihren Sohn verloren, und das unter schrecklichen Umständen«, fuhr sie fort, und sie fühlte sich wie fremdgesteuert, als hätte ein fremdes Bewusstsein die Kontrolle über sie übernommen. Doch es waren eindeutig ihre Worte, die sie an den verzweifelten Vater richtete: »Es ist nicht verwunderlich, dass Sie überreagieren, dass Sie jemanden suchen, der die Verantwortung für all das Schreckliche übernehmen soll. Wirklich, das ist absolut verständlich.«

Obwohl die Situation nicht dazu geeignet war, wurde Hilka fast von dem bizarren Gedanken überwältigt, dass sie so etwas wie einen Exorzismus durchführte. Es war unheimlich, denn das Gesicht des alten Mannes, das sonst von Misstrauen und Arroganz geprägt war, zeigte einen friedlichen Ausdruck. Die Falten, die sich bislang beständig in Hoverlandts Stirn gegraben hatten, verschwanden, und die verkniffenen Mundwinkel zogen sich merklich zusammen.

»Aber Sie müssen auch verstehen, dass wir nicht Ihre Feinde sind«, fuhr sie fort. »Wir sind diejenigen, die versuchen herauszufinden, was passiert ist. Wir wollen genauso wie Sie ergründen, was Hagen Wilmert dazu gebracht hat, Ihren Sohn zu erschießen. Und genauso müssen wir in Erfahrung bringen, warum die beiden sich getroffen haben, und letztlich auch, warum Ihr Sohn Wilmert getötet hat.«

Kaum war der letzte Satz über ihre Lippen gekommen, blitzte es in Hoverlandts Augen gefährlich auf. Sein ursprünglicher Charakter, seine ureigene Natur, drängte sich wieder in den Vordergrund. Er öffnete den Mund, wahrscheinlich um der Kommissarin vehement zu widersprechen.

Doch Hilka gebot ihm mit einer schnellen, entschlossenen Geste zu schweigen.

»Ich weiß, es ist schwer zu akzeptieren, aber es führt kein Weg daran vorbei. Frank hat Wilmert getötet. Jetzt müssen wir herausfinden, wer als Erster seinen Plan in die Tat umgesetzt hat, wer der Auslöser dieser Tragödie ist.« Sie trat vor und legte ihm die Hand auf die Schulter. »So schrecklich die Wahrheit auch ist, wir müssen sie ans Licht bringen und dafür brauchen wir Ihre Unterstützung.«

Es war erstaunlich, aber der Widerstand des Milliardärs schien gebrochen. Der Glanz in seinen Augen war verschwunden und mit einer langsamen Bewegung tätschelte er Hilkas Hand.

»In Ordnung«, sagte er mit leiser Stimme. »Ich glaube, Sie haben vollkommen recht.«

Schwerfällig kam er auf die Beine und musterte Axel, der inzwischen ebenfalls aufgestanden war, eingehend. »Es tut mir leid, Herr Groot, ich … ich weiß nicht … es tut mir leid.«

Beide starrten sich an, aber es waren keine feindseligen Blicke.

»Alles … einfach alles tut mir leid«, fuhr Hoverlandt fort. Er streckte dem Hauptkommissar die Hand entgegen. »Bitte glauben Sie mir.«

Es kam der Kommissarin vor, als bezögen sich die letzten Worte nicht auf den Wutausbruch von oben, sondern eher auf etwas, das schon sehr lange auf einen Abschluss gewartet hatte.

Groot wirkte wie eine Statue. Er musterte die dargebotene Hand, und Hilka befürchtete bereits, er würde die Geste nicht erwidern, doch dann griff er zu.

»Schon gut, Herr Hoverlandt«, sagte er. »Vergeben und vergessen.«

Der alte Milliardär lächelte, drehte sich zu seinem Sohn Martin um und reichte ihm den Unterarm. »Bringst du mich nach Hause?«

Auch der junge Hoverlandt war, wie es schien, von diesem emotionalen Umschwung überrascht, denn er hob zunächst verwundert die Augenbrauen, warf Axel einen kurzen Blick zu und nickte dann schnell. »Natürlich, komm.« An die anderen Anwesenden gewandt sagte er nur: »Wenn Sie uns bitte entschuldigen würden.« Sie verließen das Büro.

Wieder kehrte Stille ein, zumindest bis Lenski den Mund öffnete.

»Also, ich denke, wir sollten …«

»*Sie* sollten jetzt gehen und uns unsere Arbeit machen lassen«, unterbrach Hilka ihn.

Der LKA-Sonderermittler war an der Reihe, sich verwundert umzusehen. Es dauerte ein paar Sekunden, dann nickte er und verließ grußlos das Büro.

Axel sah zur geschlossenen Tür, atmete tief durch und wandte sich der Kommissarin zu.

»Du hast das wirklich gut gemacht, sowohl mit dem alten Hoverlandt als auch mit Lenski.«

»Letzteres war mir ein besonders großes Vergnügen«, stellte sie klar.

»Das habe ich gemerkt«, antwortete Groot lächelnd. »Und jetzt lass uns an die Arbeit gehen.«

Sie konnte es sich nicht erklären, aber er wirkte völlig gelöst, fast wie von einer unsichtbaren Last befreit.

Ja, heute wurden in diesem Büro einige alte Zöpfe aus der Vergangenheit abgeschnitten. Und vielleicht erfahre ich eines Tages sogar, was sie so lange zusammengehalten hat.

14. Kapitel

Vergangenheit – Herbst 1994, Groot'sches Anwesen, Hagermarsch

Axel wusste immer, wann sein Vater Kummer hatte oder sich sorgte.

Piet Groots Augenbrauen, die dicht und dunkel wuchsen, waren in solchen Momenten nur durch eine schmale senkrechte Falte direkt oberhalb der Nasenwurzel getrennt. Wenn man nicht genau hinsah, bildeten sie fast so etwas wie einen dicken Balken, der quer über den Augen verlief.

Eventuell lächelte sein Vater selbst dann, wenn Sorgen ihn plagten. Manchmal verzogen sich seine Lippen sogar zu einem breiten Grinsen. Aber das alles war völlig bedeutungslos, sobald sich die Augenbrauen beinahe berührten.

Und genau so etwas fiel Axel an diesem trüben Oktobermorgen auf, als Piet sein Arbeitszimmer verließ, nachdem ihn das Klingeln des Telefons vom Frühstückstisch weggeholt hatte.

Groot junior, der der Mutter gegenübersaß, bemerkte sofort, dass auch sie zumindest eine ähnlich düstere Ahnung ereilte.

Der Vater setzte sich wieder an den reich gedeckten Tisch, griff geistesabwesend nach der Tasse und nahm einen so großen Schluck vom kalt gewordenen Kaffee, dass er wie ein Verdurstender in der Wüste wirkte.

Janne Groot legte das halb aufgegessene Brötchen auf den Teller und sah ihren Mann besorgt an. Vor nicht allzu langer Zeit hatte Tante Charlie Axel erklärt, dass seine Eltern im Laufe ihrer Ehe eine Art stummer Verständigung entwickelt hatten.

Seitdem er das wusste, war ihm immer wieder aufgefallen, dass die Blicke der beiden oft mehr bedeuteten, als es den Anschein hatte.

»Ich glaube, es ist an der Zeit, offen zu reden«, sagte Piet Groot, woraufhin seine Frau erstaunt die Augenbrauen hob. »Der Junge muss es erfahren. Vielleicht weiß er etwas, das uns weiterhilft.«

Axel hatte die Redewendung »einen Kloß im Hals haben« bis zum neunten Lebensjahr immer für Unsinn gehalten. Doch vor knapp sechs Jahren hatte er beim Fußballspielen auf dem Schulhof die alte Schröder mit dem Leder getroffen und ihr so eine dicke Beule auf der Stirn beschert. Seit dem nachfolgenden Gespräch mit Herrn Lüttgen, dem Direktor, wusste er nur zu gut, wie sich ein eingebildeter Brocken anfühlte und wie ekelhaft so eine Empfindung war.

Als Piet Groot seinen Sohn ansah – mit annähernd zusammengewachsenen Augenbrauen –, war es fast wie damals.

Der Kloß entstand rasend schnell in der Kehle, und sosehr Axel sich bemühte, er wurde das abscheuliche Gefühl nicht los.

»Ganz ruhig«, sagte jetzt Janne Groot. Sie griff über den Tisch und legte ihre Hand auf seine. »Du hast nichts getan. Wir sind dir nicht böse. Es ist nur …«

Sie sah hilfesuchend zu ihrem Mann, dessen Miene sich inzwischen erschreckend verfinstert hatte.

Axel hatte von sowas schon in diversen Abenteuerromanen gelesen – meistens, wenn Bösewichte beschrieben wurden –, doch dass sein Vater ihn jetzt in solch einer Weise ansah, ließ zusätzlich den Puls in die Höhe schnellen. Außerdem bildete sich Schweiß auf der Stirn und über der Oberlippe.

»Deine Mutter hat recht, Axel. Du hast nichts verbrochen. Es geht um etwas anderes.«

Auch diese Worte beruhigten ihn nicht vollends. Aber sie halfen ihm zumindest, die Sprache wiederzufinden.

»Was ist los?«, fragte er. Fast erschrak er, denn seine Stimme klang wie die eines Fremden. »Warum macht ihr so einen Aufstand?«

Dass etwas nicht stimmte, hatte er schon vor einigen Tagen bemerkt. Zuerst hatte er befürchtet, dass sein Vater erneut ins Ausland kommandiert wurde und für längere Zeit von zu Hause weg war, aber das war es nicht. Was immer seine Eltern bedrückte, diesmal ging es viel tiefer.

»Es ist nicht leicht zu erklären«, sagte Janne. »Wir wissen es schon seit ein paar Tagen und waren nicht sicher, wie wir es dir sagen sollen.«

»Ja, was denn?«, brach es aus Axel heraus. Er spürte ein brennendes Kribbeln auf der Haut. Obwohl er nichts zu befürchten hatte, versetzte ihn das Herumgedruckse seiner Eltern allmählich in Panik. »Was ist denn los? Sagt schon!«

»Na gut«, meinte Piet Groot nur und nickte langsam. »Bruno Asbeek ist seit ein paar Tagen verschwunden. Wir haben bisher nur sehr wenige Spuren gefunden und müssen von einem Verbrechen ausgehen.«

»Wie bitte?« Axel dachte, er hätte sich verhört. »Was ist mit Bruno? In der Schule hieß es, er sei krank.«

Janne Groot schüttelte stumm den Kopf. Tränen schimmerten in ihren Augen, und sie presste die Lippen aufeinander.

Natürlich wusste ihr Sohn, dass sie eine sensible Frau war, der das Schicksal von Menschen, die litten, tief unter die Haut ging. Kein Wunder, dass sie sich in verschiedenen Hilfsorganisationen engagierte und den Alten und Kranken in der Gemeinde half, wenn diese nicht mehr weiterkamen.

»Es wurde beschlossen, die Geschichte von der Krankheit erst einmal zu verbreiten, damit die Bevölkerung ruhig bleibt und uns bei der Suche nicht in die Quere kommt«, erklärte Piet Groot.

»Das ist doch Unsinn«, empörte sich Axel. »Wenn jemand vermisst wird, ist es doch besser, so viele Menschen wie möglich zu informieren, damit wir gemeinsam suchen können.«

Obwohl die Nachricht, die er seinem Sohn überbracht hatte, gewiss nicht erfreulich war, erlaubte sich der Hauptkommissar ein schmales Lächeln und klopfte ihm auf die Schulter.

»Ich teile deine Meinung, aber einige meiner Vorgesetzten sahen das anders und haben uns deshalb angewiesen, in der Öffentlichkeit erst einmal die Füße still zu halten.«

»Und hat das was gebracht?«

Axel war es gewohnt, mit seinem Vater offen zu reden und kein Blatt vor den Mund zu nehmen. Auch wenn es die Arbeit der Polizei betraf.

Piet Groots Lächeln wurde um eine Spur breiter, bevor er wieder ein ernstes Gesicht aufsetzte und antwortete. »Teilweise. Wir haben nicht den Durchbruch erzielt, den wir uns erhofft hatten, aber immerhin konnten wir Beweise sichern, die die Vermutung erhärten, dass Bruno nicht einfach von zu Hause abgehauen ist.«

»Was für Beweise?«, fragte Janne Groot interessiert. Sie hatte sich mit einem Papiertaschentuch die Tränen abgewischt.

Axels Vater ließ den Blick ein-, zweimal zwischen ihnen beiden hin und her wandern, bevor er die Frage beantwortete.

»Es geht um Blutspuren, die auf einem Feld in der Nähe des Asbeek-Hofs gefunden wurden. Deshalb hat man mich vorhin angerufen. Die Laboranalyse liegt vor. Es ist Brunos Blut.«

»Oh mein Gott«, flüsterte Janne.

Ihre Gesichtsfarbe wechselte von blass zu aschfahl und auf grausige Weise erinnerte sie Axel an eine lebende Leiche, die ihren Weg an den Frühstückstisch der Groots gefunden hatte.

Der Spross der kleinen Runde am Tisch war sich nicht sicher, was er in diesem Moment empfinden sollte.

Auf der einen Seite war da Bestürzung. Wer war in der Lage, einen Muskelprotz wie Bruno so einfach zu überwältigen und verschwinden zu lassen?

Axel stutzte. War das etwa sein erster Gedanke in dieser Angelegenheit? Wie es jemandem, von dem man bisher scheinbar nichts wusste, gelungen war, den bärenstarken Asbeek in seine Gewalt zu bringen und zu entführen?

Leider war das tatsächlich so, denn die Dankbarkeit, die er damals, zu Beginn der Sommerferien, für den hünenhaften Kerl empfunden hatte, war im Laufe von Wochen und Monaten deutlich verblasst.

Nachdem sie in den ersten Ferienwochen oft zu dritt die Umgebung unsicher gemacht und dabei so etwas wie eine Verbundenheit à la *Die drei Musketiere* demonstriert hatten, so hatten sie sich in der folgenden Zeit immer seltener gesehen und bald gar nichts mehr gemeinsam unternommen. Es war Axel so vorgekommen, als wäre zwischen Martin und Bruno eine Verbindung entstanden, aus der man ihn heraushielt. Und ja, er gab es zu – zumindest sich selbst gegenüber –, eine Art von Eifersucht hatte ihn gepackt, sodass er sich schließlich wie eine beleidigte Leberwurst zurückzog.

»Und du meinst, ich könnte dir bei deiner Arbeit helfen?«, fragte er nach einigen Minuten des Schweigens.

Piet Groot fuhr sich durch sein dichtes, ergrautes Haar und kratzte sich nickend am Hinterkopf. »Ich habe zwar nur eine schwache Hoffnung, dass du mir helfen kannst, aber ich bin für jede Kleinigkeit dankbar.«

Axel zuckte mit den Schultern. »Tut mir leid, Paps, aber ich habe wirklich keine Ahnung. Ich wusste nicht einmal, dass Bruno verschwunden ist.«

»Genau deshalb wollte ich diese Information ja auch nicht zurückhalten«, knurrte sein Senior. »Trotzdem könntest du mir vielleicht etwas über ihn und seine Gewohnheiten erzählen. Vielleicht gibt es etwas, das seine Eltern und seine anderen Verwandten nicht wissen.« Piet atmete tief durch. »Du kennst ihn doch gut, oder? Er hat dir immerhin gegen Frank und seine Kumpane geholfen.«

Natürlich hatte Axel zu Hause erzählt, was am letzten Schultag passiert war.

Ihm war dabei nicht entgangen, dass Piet Groots Augen mehrmals vor Stolz aufgeleuchtet hatten. Besonders als er zu der Stelle gekommen war, an der er Frank die Abreibung seines Lebens verpasst und dessen Macht als Schulschläger womöglich für immer gebrochen hatte.

Natürlich hatte er auch von Brunos Hilfe erzählt und davon, wie Martin ihn auf ihre Seite gebracht hatte.

»Seit einiger Zeit herrscht Funkstille«, erklärte er, als er den eindringlichen Blick seines Vaters wahrnahm. »Er und Martin haben sich seit den Ferien nicht mehr bei mir gemeldet.«

»Davon weiß ich ja gar nichts«, warf Janne Groot ein.

»Du weißt vieles nicht, weil ich längst nicht alles erzähle«, stellte Axel klar.

»Und warum?«, steuerte Piet zum eigentlichen Thema zurück. »Hat es Streit gegeben?«

»Nein«, kam die schnelle Antwort. *Reiß dich zusammen, sonst glauben die beiden noch, dass du sie anlügst.* »Ganz bestimmt nicht«, fügte er in deutlich beherrschterem Ton hinzu. »Ich kann es mir auch nicht erklären. Auf einmal haben sie sich von mir zurückgezogen. Fast so, als wollten sie mich nicht mehr bei sich haben.«

»Und das ist schon seit Beginn der Ferien so?«

»Ja, so zwei, drei Wochen danach, ich weiß nicht mehr genau.« Axel schob demonstrativ seinen Teller von sich. Selbst wenn dieses Gespräch, das ihm gar nicht gefiel, endete, würde er keinen weiteren Bissen herunterbekommen. Die Nachricht von Bruno Asbeeks Verschwinden war ihm auf den Magen geschlagen.

Es wurde wieder still am Frühstückstisch. Nur das stete Ticken der Wanduhr über dem Kühlschrank war zu hören.

»Es war also Brunos Blut, das gefunden wurde?«, fragte Axel nach einer gefühlten Ewigkeit.

»Wie?« Sein Vater schien aus einem tiefen Tagtraum zu erwachen, blinzelte ihn an und nickte dann. »Ja, leider. Es gibt wohl keinen Zweifel. Bruno hat eine seltene Blutgruppe.«

»Aber was ist passiert?«

Ein stummes Kopfschütteln des Seniors ließ ihm die Mundhöhle austrocknen.

Bedauerlicherweise besaß er genügend Fantasie, um sich vor dem geistigen Auge einige Möglichkeiten auszumalen, was mit Bruno geschehen sein konnte.

Er schauderte bei dem Gedanken daran, dass er vielleicht … eine warme Berührung auf der Schulter holte ihn ins Hier und Jetzt zurück. Es war die Hand des Vaters. Trotz einer gewissen Sanftheit griff er kräftig zu und sah seinem Sprössling in die Augen.

»Ich möchte nicht, dass du dich verrückt machst, okay? Du kennst meine Kollegen, du kennst mich und du weißt, dass wir gründlich arbeiten.«

»Ja«, antwortete er und schluckte hart.

»Wenn du dich elend fühlst, ist das in Ordnung«, erklärte Janne Groot. Sie war sensibel und hatte – auch nach eigener Aussage – nah am Wasser gebaut, aber sobald es nötig wurde, Trost zu spenden, vor allem für ihren Sohn, strahlte sie eine Ruhe aus, die sich sofort auf andere übertrug.

Axel atmete tief durch und fühlte, wie sich die Schultern, die er eben verkrampft hochgezogen hatte, langsam lösten und senkten.

»Es ist keine Schande, traurig zu sein«, fügte seine Mutter hinzu und legte ihre Hand auf seine.

»Es ist nicht schlimm, wenn man weinen möchte und diesem Drang nachgibt«, ergänzte Piet Groot voller Ernst. »Manchmal ist das viel besser, als so zu tun, als ob ein Indianer keinen Schmerz kennt.«

Ein kleines Lächeln kämpfte sich auf Axels Lippen. »Du schon wieder«, erwiderte er und wischte sich eine einzelne Träne von der Wange.

Wieder einmal wurde ihm bewusst, was für ein Glück er hatte, dass diese beiden wunderbaren Menschen seine Eltern waren.

Er hoffte, dass sie ihm lange zur Seite stehen würden, wann immer das Leben sich gegen ihn verschwor.

15. Kapitel

Gegenwart – Donnerstagvormittag, Büro der Kripo Norden

»Also, was haben wir?«, fragte Axel Groot und setzte sich hinter den Schreibtisch, der neben dem von Hilka Martens stand und an dem sonst Rainer Dyssen seinen Platz fand.

Der Kommissaranwärter war nicht zugegen. Er hatte darum gebeten, zu Hause bleiben zu dürfen. Dort verfügte er laut eigener Aussage über wesentlich bessere technische Möglichkeiten, um die E-Mails von Hagen Wilmert und Frank Hoverlandt zu sichten und sich durch Unmengen von persönlichen und dienstlichen Computerdateien zu arbeiten.

Hilka seufzte leise. Ihre Augen waren von dunklen Ringen umgeben und insgesamt wirkte sie erschöpft, was aber kein Wunder war, denn seit ihrem Einsatz auf der Party im GeKuNo hatte sie wegen der Mordermittlungen nur wenig Schlaf gefunden.

Egal, wie weit wir heute kommen, ich werde sie anweisen, früher Feierabend zu machen und sich zeitig hinzulegen, beschloss Axel in Gedanken.

»Leider nicht viel«, antwortete die Kommissarin und hatte Mühe, ein Gähnen zu unterdrücken. Sie holte ihren bewährten Notizblock hervor und setzte die Lesebrille auf. »Allerdings ist das wenige, was wir bisher zusammengetragen haben, recht interessant.«

»Dann versetz mich mal in Erstaunen«, forderte Groot sie auf.

Ein müdes Lächeln umspielte ihre Mundwinkel, bevor sie fortfuhr.

»Nun, Dr. Dammers hat nochmals die Todesursache bestätigt. Wilmerts Körper wurde durch die Wucht des BMW zerquetscht. In seinem Unterleib sind sämtliche Knochen regelrecht pulverisiert worden, und der Blutverlust durch die inneren Verletzungen sowie der Schock durch die immensen Schmerzen haben ihn auf der Stelle getötet.«

»Konnte er noch auf Hoverlandt schießen?«, hakte Axel nach.

»Theoretisch schon.« Hilka blätterte ein paar Seiten zurück.

Sie las ihre Notizen erneut durch, runzelte die Stirn und nickte dann.

»Ja, er hätte die Schüsse auf den Wagen abgeben können, eine oder anderthalb Sekunden, bevor er an den Baumstamm genagelt wurde.«

»Aber?« Natürlich hatte Groot das Zögern in der Aussage seiner Kollegin bemerkt.

»Einige Ermittlungsergebnisse sprechen entschieden gegen die Behauptung, Wilmert habe Hoverlandt erschossen.«

»Wie soll ich das verstehen?«

Hilka deutete auf einen Ordner, den sie vorhin beim Betreten des Büros mitgenommen hatte. »Michaelis hat einige Spuren, die Dammers fand, verglichen und ist zu dem Ergebnis gekommen, dass jemand anderes die Schüsse abgegeben hat.«

»Wie bitte?« Axel wäre fast von seinem Stuhl aufgesprungen. »Wie kommt er denn zu diesem Schluss?«

»Wie gesagt, es gibt zwei Erkenntnisse, die zusammenpassen, eine von der Rechtsmedizin und eine von der Spusi«, erklärte Hilka. Sie tippte auf den Aktenordner. »Dammers hat zwar Schmauchspuren an Wilmerts rechter Hand gefunden ...«

Die Kommissarin gönnte sich eine kurze Pause.

Ich hasse es, wenn sie das macht, ärgerte sich Groot innerlich.

»Aber die nachgewiesenen Partikel haben sich *über* dem vergossenen Blut abgelagert.«

»Das kann nicht sein. Zumindest nicht, wenn er die Schüsse abgegeben hat, bevor der BMW ihn rammte.«

Hilka nickte. »Korrekt. Dann müsste der Schmauch direkt auf der Haut zu finden sein.«

Axel schnippte mit den Fingern. Bei so grandioser Vorarbeit war es nicht verwunderlich, dass die Erkenntnis schlagartig in seinem Kopf aufflammte.

»Entweder hat sich der wirkliche Mörder gut vorbereitet, Schmauchpartikel gesammelt und sie dann auf Wilmerts Hand geblasen, als er schon tot war. Oder er hat Wilmert die Waffe in die Hand gedrückt, als dieser schon zerquetscht war, und dann erst abgedrückt.« Er nickte zustimmend. »So oder so kann es abgelaufen sein.«

»Ja, gut erkannt«, lobte Hilka lächelnd. »Du bist schlau und könntest bestimmt problemlos bei einem Fernsehquiz mitmachen.«

Der Hauptkommissar winkte ab. »Ach, komm mir jetzt nicht mit sowas. Erklär mir lieber, woraus Michaelis' Erkenntnis besteht und was sie mit Dammers' Erleuchtung zu tun hat.«

»Das ist wirklich ganz einfach, denn als der Bericht der Spurensicherung vorlag, haben die Kollegen von der Spusi auf Geheiß ihres kongenialen Chefs den Innenraum des BMW noch einmal genauer unter die Lupe genommen und dabei etwas sehr Interessantes entdeckt, was ihnen beinahe entgangen wäre.«

»Lass mich raten«, unterbrach Axel. Er verschränkte die Arme vor der Brust und lehnte sich im Bürostuhl zurück. »Es wurden Schmauchspuren gefunden.«

»Wieder richtig«, antwortete die Kommissarin. »Und das impliziert, dass die Schüsse, die Hoverlandt getötet haben, im Inneren des Wagens abgegeben wurden.«

»Wie soll ich mir das vorstellen?« Groot rieb sich nachdenklich das Kinn und starrte zum Fenster, hinter dem die Wipfel einiger umliegender Bäume von der hellen Morgensonne angestrahlt und sich in einer warmen Brise sanft bewegten. »Jemand – der wahre Täter – setzt sich zu Hoverlandt ins Auto, redet mit ihm, lenkt ihn kurz ab, greift dann zur Waffe und erschießt ihn, während er noch am Steuer sitzt.« Er hielt in seinem Bericht inne. »Und dann?«

»Dann schiebt er den Toten so weit zur Seite, dass er sich hinters Steuer quetschen kann. Er fährt zum Treffpunkt, wo Wilmert auf ihn wartet ... oder vielleicht auch auf Hoverlandt, findet ihn in einer günstigen Position vor dem Baum und hält voll drauf.«

Groot nickte bedächtig. Hilkas Erklärung klang gut und formte passende Bilder vor seinem inneren Auge.

Er hatte das Gefühl, selbst im Wald zu stehen. Ringsum ragten Bäume in den nachtschwarzen Himmel. Vor ihm ein Paar Scheinwerfer, die sich durch die Dunkelheit tasteten.

»Wilmert ist ahnungslos. Er greift nicht nach seiner Waffe, sofern er eine bei sich hat, als der Wagen auf ihn zurast.« Axels Worte mischten sich mit denen der Kommissarin, verfestigten das

Bild der vergangenen Ereignisse und ließen die Konturen der Szenerie intensiver hervortreten.

»Der Wagen fährt zunächst auch langsam«, setzte Hilka ihren Bericht fort. »Wer auch immer am Steuer sitzt, lässt sich Zeit, will sein zweites Opfer in Sicherheit wiegen. Erst im letzten Moment wird das Gaspedal voll durchgetreten.«

Axel sprang wieder ein. Er nahm den Faden dort auf, wo die Kollegin ihn losgelassen hatte. »Wilmert hat keine Chance. Der Wagen rammt ihn fast in den Baumstamm. Dabei zerspringt die Windschutzscheibe ... vielleicht nicht ganz, aber doch so, dass sie schwer beschädigt ist.«

Groot hielt kurz inne, seine Gedanken ließen das Geschehen weiterlaufen wie einen Film, den man sich auf einer DVD ansieht.

»Der Mörder springt aus dem Wagen und vergewissert sich, dass Wilmert wirklich tot ist, dann schiebt er Hoverlandts Leiche wieder hinter das Steuer und drückt dem toten Sicherheitschef die Waffe in die Hand.«

»Ein zweiter Schuss folgt«, übernahm Hilka erneut das Ruder der Gesprächsführung. Sie klang jetzt wie ein Reporter im Fernsehen. »Er muss nicht hundertprozentig treffen. Wichtig ist eigentlich nur, dass er Schmauchspuren hinterlässt und die Windschutzscheibe – wenn sie nicht schon durch den Aufprall völlig zerstört ist – zum Bersten bringt.«

Die Kommissarin verstummte.

Axel konnte ihr ansehen, dass es ihr ähnlich erging wie ihm. Sie hatte das Geschehen vor ihrem geistigen Auge miterlebt.

Sie macht vieles anders als ich, aber eben doch nicht immer, stellte er lächelnd fest. *Auch darin, dass wir in den unpassendsten Momenten Pausen einlegen und unsere Gesprächspartner damit in den Wahnsinn treiben, sind wir uns ähnlich.*

»Wenn wir die Untersuchungsergebnisse der Gerichtsmedizin und der Spurensicherung zusammentragen und diese Überlegungen mit einfließen lassen, dann sollte unwiderlegbar bewiesen sein, dass es noch mindestens eine weitere Person am Tatort gegeben haben muss, die letztlich der wahre Mörder ist.«

Hilkas Argumentation hatte etwas für sich. Und doch wiegte Groot den Kopf, um ihr zu zeigen, dass er Zweifel hatte.

»Was denn?«, fragte die Kommissarin.

»Nun, unsere These ist gut, und ich glaube, wir können die Staatsanwaltschaft damit überzeugen, nur ... wir haben keine Ahnung, wer hinter dem Mord steckt. Wir können kein Motiv präsentieren. In dieser Hinsicht stehen wir mit absolut leeren Händen da.«

Hilka erhob sich von ihrem Stuhl und trat neben ihren Chef, der sich kurz darüber wunderte, was sie vorhatte.

Mit einer geschmeidigen Bewegung ließ sie sich auf der Schreibtischkante nieder und legte ihm die Hand auf die Schulter.

»Na, na ... lass mal den Kopf nicht hängen, wir haben schon ganz andere und viel härtere Nüsse geknackt.«

Ein kurzes, keuchendes Lachen entrang sich seiner Kehle. »Wo du recht hast, hast du recht.«

Leider ist das keine Garantie dafür, dass wir es diesmal schaffen.

Axel behielt die eher düsteren Überlegungen für sich. Aber er war sich sicher, dass es in ihr in diesem Moment ähnlich aussah.

»Wir sollten uns darüber einigen, wo wir die weiteren Ermittlungen ansetzen«, schlug Hilka vor.

»Keine schlechte Idee, nur gibt es da aus meiner Sicht wirklich wenig Möglichkeiten.« Er deutete auf die Berichte, die vor seiner Kollegin auf dem Schreibtisch lagen. »Ich gehe davon aus, dass die Untersuchungen von Dammers und der Spusi keine Fingerabdrücke, Haare oder anderes verwertbares genetisches Material zutage gefördert haben, das den entscheidenden Hinweis auf die wahre Identität des oder der Mörder liefern könnte.«

Hilka ließ sich wieder auf ihrem Stuhl nieder und zuckte mit den Schultern. »Leider nicht. Dem Täter ist es gelungen, die Spuren seiner unmittelbaren Anwesenheit zu verwischen.«

»Okay«, brummte der Hauptkommissar. »Wäre auch zu schön gewesen.« Er stützte sich mit den Unterarmen auf der Schreibtischplatte ab. »Was ist mit den Überwachungsvideos?« Die Antwort kannte er nur zu gut. Sie war bereits am Tag nach der Party gestellt und seitdem immer wieder diskutiert worden.

Hilka seufzte. »Leider derselbe Fehlschlag wie beim letzten Mal, als du danach gefragt hast. Auf allerhöchsten Befehl von

Uwe Hoverlandt persönlich – und gegen Wilmerts und meinen Einspruch – wurde die gesamte Videoüberwachung des GeKuNo abgeschaltet. Der Alte hatte seinen Gästen absolute Diskretion zugesichert. Ihm war zugetragen worden, dass bei ähnlichen Veranstaltungen Material aufgenommen wurde, das nicht für die breite Öffentlichkeit geeignet war, und ,,, nun ... genau dort war es gelandet und hatte für Skandale gesorgt, die extrem hohe Wellen schlugen.« Ein weiterer Seufzer folgte. »Ich habe alles überprüft. Sowohl die Leute von CUSTODIA als auch unsere Einheiten haben sich an die Anweisungen gehalten. Es gibt keine Aufzeichnungen, die wir verwenden könnten.« Hilka rammte die flache Hand auf den Schreibtisch. »Selbst die Gäste haben sich anscheinend daran gehalten. Keine Handyvideos, keine Fotos in den Sozialen Medien. Es ist zum Verrücktwerden.«

Ein Lächeln umspielte Groots Mundwinkel. Die Kommissarin bemerkte es wohl nicht, denn sie fuhr mit ihrem Bericht fort. *Ich lasse sie mal gewähren und präsentiere ihr meine kleine Über-raschung, wenn sie hier ins Büro kommt. Ich bin gespannt auf ihren Gesichtsausdruck.*

»Wir haben mittlerweile die meisten der Gäste befragt. Ange-fangen von Hoverlandts engsten Freunden und Bekannten bis hin zu hochrangigen Vertrauten aus dem Unternehmen. Keiner von ihnen scheint widersprüchlich zu sein. Allerdings sind sie auch alle nicht besonders aussagekräftig, weil durch Partylaune, Alko-hol und andere Rauschmittel so manche Wahrnehmung ungenau und verschwommen erscheint.«

»War ja auch nicht anders zu erwarten«, ließ sich Axel verneh-men und richtete sich wieder auf. Es brannte ihm unter den Fingernägeln, den großen Trumpf auszuspielen, den er noch in der Hinterhand verborgen hielt. Auch auf die Gefahr hin, dass dieser nicht die ganze Wahrheit über den Fall darlegen würde.

Geduld, sagte er sich, *Geduld.*

Er glaubte, Schritte im Treppenhaus zu hören, und bereitete sich darauf vor, seinen Informanten – der sich ihm selbst erst vor einer Stunde offenbart hatte – zu Gesicht zu bekommen.

Anstatt der erwarteten Person betrat ein schlaksiger junger Mann mit rostrotem Haar das Büro der Kripo Norden und wirkte abgehetzt.

»Rainer?«, fragte er erstaunt und wäre fast aufgesprungen. »Was machen Sie denn hier?«

Dyssen blieb wie angewurzelt im Türrahmen stehen, starrte den Hauptkommissar irritiert an und schien kurz zu überlegen, was er antworten sollte.

»Tut mir leid, aber ich arbeite hier«, meinte er nur trocken.

Für die Dauer einiger schneller Herzschläge wusste Axel mit dieser Entgegnung nichts anzufangen, doch dann sah er, wie sich Hilkas Gesicht zu einem breiten Grinsen verzog, in das der Kommissaranwärter einstimmte.

»Moment mal«, hakte Groot nach. »Haben Sie gerade mit einem dummen Spruch auf meine Frage geantwortet?«

Rainer vermochte sich nicht mehr zurückzuhalten und brach in schallendes Gelächter aus.

»Sieht so aus«, meinte die Kommissarin glucksend und streckte ihrem jungen Kollegen einen Daumen hoch entgegen. »Ich glaube, unser zurückhaltender Zögerling mausert sich, so knapp vor den entscheidenden Prüfungen.« Dass Dyssen ihm gegenüber so etwas wie unverschämten Humor an den Tag legte, verwunderte Axel mehr als die Tatsache, dass er nach so kurzer Zeit und ohne telefonische Vorankündigung von seiner Arbeit im heimischen Umfeld ins Büro zurückgekehrt war.

»Meine Hochachtung«, lobte er und gönnte sich ein Lächeln. »Aber jetzt sollten wir doch wieder zur Sache kommen, oder?«

Rainers zufriedener Gesichtsausdruck wich einem leichten Erschrecken. »Oh ja, verdammt«, rief er und klatschte sich mit der flachen Hand gegen die Stirn. »Fast hätte ich vergessen, warum ich es so eilig hatte, hierher zurückzukommen.«

»Dann zeig mal, was du hast«, forderte Hilka ihn auf.

Endlich kam Dyssen näher, öffnete seine Umhängetasche und zog einen Laptop mit silbernem Deckel heraus. Er legte ihn auf den Schreibtisch der Kommissarin und klappte ihn auf. Fast ohne Verzögerung erwachte der Bildschirm zum Leben.

»Es ist zu schön, um wahr zu sein.« Rainer ließ die Finger über die Tastatur rasen. »Also, als ich mir die Accounts und Social-Media-Profile von Frank Hoverlandt genauer angesehen habe, bin ich nur sehr begrenzt fündig geworden«, erklärte er, ohne den Blick von den Anzeigen zu nehmen. »Das liegt daran, dass Hoverlandt offenbar sehr darauf bedacht war, alle Dateien, die auf keinen Fall von Unbefugten eingesehen werden durften, mit einem hochwertigen Löschprogramm zu entfernen.«

»Was soll ich mir darunter vorstellen?« Wie so oft fiel es Axel, der zwar mit Computern umzugehen vermochte, aber ihre Funktionsweise und Möglichkeiten sicher nie bis ins Letzte verstehen würde, schwer, den Ausführungen des technisch versierten Kommissaranwärters auch nur ansatzweise zu folgen.

Rainer erstarrte. Seine Hände schwebten von einer Sekunde auf die andere reglos über der Tastatur und sein Blick bekam eine ungläubige Komponente.

Aha, schlussfolgerte Groot gedanklich, *da habe ich mal wieder eine dumme Frage gestellt.*

»Nun, das ist ein Programm, das, wie der Name schon sagt, Dateien löscht«, erklärte Dyssen. »An dieser Stelle muss erwähnt werden, dass es diese in den unterschiedlichsten Formen gibt. Herkömmliche Löschprogramme hinterlassen meist Spuren, die findige Kenner der Materie – also Leute wie ich – leicht auswerten können, um gelöschte Inhalte wiederherzustellen.«

»Nach deiner weitschweifigen Einleitung zu urteilen, hattest du es bei Hoverlandts Konten nicht mit einer so einfachen Variante zu tun«, vermutete Hilka.

Dyssen nickte eifrig. Seine Finger tanzten bereits wieder in scheinbar chaotischer Weise über die Tasten. »Da sprichst du ein großes Wort gelassen aus. Das Löschprogramm, das ich auf Hoverlandts Rechner gefunden habe und mit dem er private, aber auch geschäftliche Mails bearbeitete, hat fast schon militärischen Standard.«

»Das verstehe sogar ich«, schaltete sich Axel wieder ins Gespräch ein. »Das heißt, was auch immer Hoverlandt diesem Programm in den Rachen geworfen hat, wurde wie in einem Schredder komplett zerlegt.«

»Korrekt«, bestätigte Rainer. Er hielt erneut inne, die Tasten seines Laptops zu bearbeiten. »Absolut irreversibel. Da ist nichts mehr zu machen.«

»Scheiße«, presste Hilka hervor. Sie setzte einen Gesichtsausdruck auf, der verriet, dass sie jetzt am liebsten auf eine Boxbirne oder einen Sandsack eingeschlagen hätte. Oder auf einen gewalttätigen Schwerverbrecher aus Fleisch und Blut.

»Nicht so voreilig.« Groot hob warnend den Zeigefinger. »Ich glaube, wir sind noch lange nicht am Ende von Rainers Geschichte angelangt.« Er warf dem jungen Kollegen einen kurzen Seitenblick zu. »Oder?«

»Auf keinen Fall«, bestätigte dieser und klang dabei wie ein fröhlicher Schuljunge. Er tippte wieder eifrig. »Das Beste kommt noch.«

Es war nicht zu übersehen, dass Dyssen in Hochform war. Wenn es um Computer, Nullen und Einsen, Programmiersprachen und Dateien ging, war er in seinem Element und nicht zu bremsen. In solchen Momenten vermochte er die unterschiedlichsten Menschen regelrecht in den Bann zu ziehen.

»Entschuldigung, störe ich?« Diese Worte, fragend, aber selbstbewusst ausgesprochen, brachen eben jenen Bann, der sich über Hilka und Axel gelegt hatte.

Die drei Polizeibeamten sahen zur Tür, in der eine Gestalt stand und sie mit hochgezogenen Augenbrauen anstarrte.

Obwohl Dyssens Ausführungen dadurch unterbrochen wurden, hätte Groot am liebsten gejubelt.

»Nein, nein«, rief er, stand auf und eilte dem Ankömmling mit ausgebreiteten Armen entgegen. Die Freude war ehrlich empfunden, denn endlich war sein Informant angekommen. Und mit dem, was er mitbrachte, würden sie der Lösung des Falles sicher einen großen Schritt näher kommen.

16. Kapitel

Vergangenheit – Frühjahr 1996, am Ufer des Marschtiefs

»Wohin hast du dich diesmal entführen lassen?«

Axel lehnte sich mit dem Rücken an den Stamm einer mächtigen Eiche und ließ das Buch sinken, in dem zahlreiche der griechischen Sagen niedergeschrieben waren.

Martins Ankunft hatte ihn nicht überrascht. Das Schleifen der Pedale und das leise, wiederkehrende Geräusch der Klingel, sobald sein Fahrrad über eine Unebenheit im Straßenbelag rollte, hatten ihn schon vor einer Minute darauf hingewiesen, dass er bald nicht mehr allein sein würde. Hier am Marschtief. Hier, wo ihre Freundschaft unter so unerfreulichen Umständen ihren Anfang genommen hatte.

Axel verspürte einen Anflug von Wehmut, als er daran dachte, dass eben diese Freundschaft seitdem so stark nachgelassen hatte und er – aufgrund eines unguten und hartnäckigen Gefühls – fürchtete, dass sie auf ihren Endpunkt zusteuerte.

»Griechische Mythologie«, antwortete er, legte den Kopf in den Nacken und ließ sich von den Sonnenstrahlen wärmen, die das Blättergeflecht des Baumes durchdrangen.

Ihm war klar, dass es nur wenige Gleichaltrige gab, die mit diesen beiden Worten etwas anzufangen wussten, und er war froh, dass Martin zu jener erlesenen Gruppe gehörte.

Mit ihm hatte er immer über all das Interessante, Spannende und Aufregende reden können, was er in seinen Büchern fand. Nicht nur das gemeinsame Training hatte sie zusammengeschweißt.

Nein, es waren ihre Interessen gewesen, die Liebe zu Büchern oder Filmen hatte sie letztlich zusammengeführt und den Grundstein zu einer Freundschaft gelegt.

Warum sich ihr Verhältnis nach dem entscheidenden Kampf auf dem Schulhof gegen Frank und seine Schlägertruppe so drastisch verschlechtert hatte, war Axel bis heute ein Rätsel.

»Wovon handelt es?«, fragte Martin. Er stellte sein Fahrrad am Straßenrand ab, stieg über eine der Planken, die die Straße in Höhe der schmalen Brücke begrenzten, und kämpfte sich durch das dicht wachsende Rispengras. Genau bis zu der Stelle, an der Groot gemütlich unter dem Baum saß.

»Prometheus«, antwortete er und klappte das Buch zu, nachdem er sein Lesezeichen zwischen die zuletzt gelesenen Seiten gelegt hatte.

»Das ist doch der Typ …« Martin schnippte mit den Fingern, während er nach den richtigen Worten suchte. »Dieser … dieser Gigant, oder?«

Axel schüttelte den Kopf. »Titan«, korrigierte er. »Er war ein Titan und hat den Menschen das Feuer gebracht, obwohl Göttervater Zeus es ihm verbot.«

»Ach ja, genau.« Ein kleines Lächeln erhellte Martins Gesicht, und er sah wieder wie der tolle Kumpel aus, der er mal gewesen war.

Er hat sich gemausert, gestand Axel ihm zu. *Er ist jetzt fast so groß wie ich, und durch das Training ist er verdammt kräftig geworden.*

»Er wird doch später bestraft, oder? Lässt Zeus ihm nicht irgendwie immer irgendein Körperteil abschneiden?«

»Nicht ganz«, widersprach Axel. »Prometheus wird für sein Vergehen an einen Felsen gekettet und jeden Tag kommt ein riesiger Adler zu ihm und pickt ihm die Leber aus dem Leib.« Er zuckte mit den Schultern. »Und weil er ein Titan ist, kann er deswegen nicht sterben, die Leber wächst in kürzester Zeit nach und die Tortur geht von vorne los.«

»Da sieht man mal wieder, dass es nicht immer von Vorteil ist, ein zäher Typ zu sein«, lachte Martin und ließ sich im Schneidersitz neben ihm nieder.

»Du sagst es. Zähigkeit ist nicht alles.«

Schweigen breitete sich zwischen ihnen aus. Eine kühle Brise glitt über sie hinweg und erzeugte ein leises Rascheln im Rispengras.

»Ich werde unsere Gespräche vermissen«, meldete sich der jüngste Spross der Hoverlandts nach einer Weile zu Wort.

»Gehst du irgendwo hin?«, fragte Axel, obwohl er die Antwort schon kannte.

Sein Vater hatte ihm vor ein paar Tagen erzählt, was er über Umwege – welche genau, hatte er offengelassen – erfahren hatte. Nämlich, dass Uwe Hoverlandt für Martin innerhalb kürzester Zeit einen Schulwechsel arrangiert hatte.

Und nicht nur das, er würde seinen Sohn in ein Eliteinternat im Ausland schicken.

»Tu nicht so, als ob dich das jetzt überrascht. Ich weiß, dass in ganz Norden und vor allem in der Schule über meinen Weggang geredet wird. Irgendjemand aus dem Büro meines Vaters hat es ausgeplaudert.«

Axel zuckte die Schultern. »Tut mir leid«, sagte er nur und kam sich wie ein kleiner Junge vor, der beim Klauen erwischt wurde. »Ich dachte nur, es wäre einfacher, wenn ich so tue …«

»… als ob du nichts davon wüsstest?« Martin schürzte die Lippen. »Warum denn? Weil du meine Gefühle nicht verletzen willst?« Wieder lachte er.

Axel kannte seinen Freund gut genug, um zu wissen, dass er nicht mit völlig offenen Karten spielte. Es war keine Traurigkeit, die ihn dazu bewegte, eine falsche Fröhlichkeit vorzuschieben. Nein, das hier war anders.

Er hat sich nicht nur körperlich verändert, erkannte Groot. *Er versucht, mir etwas vorzumachen, damit ich nicht merke, dass er sich in Wirklichkeit darauf freut, von hier wegzukommen.*

»Versuch nicht, mich aufs Glatteis zu führen«, murmelte er. »Tu nicht so, als wäre das alles auf dem Mist deines Alten gewachsen.« Ein leises Schnauben folgte. »Du *willst* von hier weg.«

Martin klatschte in die Hände. »Verdammt, du bist echt gut. Man kann dich nicht so leicht an der Nase herumführen. Also gut, warum drum herum reden? Ja, will ich.«

»Und warum?«

»Meinst du das ernst?« Der junge Hoverlandt deutete in verschiedene Richtungen um sich. »Sieh dich doch mal um. Ist dir noch nie aufgefallen, wie klein und unbedeutend diese Gegend ist? Es will mir einfach nicht in den Kopf, warum mein Alter unbedingt hierher zurückkehrte, nachdem er sein Geschäft aufgebaut hatte. Ich verstehe es wirklich nicht.«

»Was stört dich denn daran?«, hakte Axel nach. Martins Antwort war ihm wie ein Gefühlsausbruch vorgekommen, der etwas in Gang gesetzt hatte, das sich nicht mehr zurückhalten ließ. Einmal in Bewegung musste alles ausgesprochen werden, was sich seit Langem in ihm aufgestaut hatte.

Dabei wirkte Martin nicht genervt oder wütend, im Gegenteil. Er schien es zu genießen, sich zu offenbaren.

»Es ist lahm, Axel. Lahm, langweilig, eintönig und irgendwie auch abtötend.«

Er sprang auf und lief aufgeregt vor dem Freund hin und her. Dabei gestikulierte er schnell und abgehackt. »Hier passiert nie etwas, alles geht seinen Gang, und das lähmt auf Dauer alles, was hier …«, er presste den Zeigefinger gegen die Schläfe, »… im Inneren geschieht. Weißt du, es hat eine Weile gedauert, aber jetzt habe ich gemerkt, dass ich in mancher Hinsicht wie mein Vater bin. Ich kann große Ideen haben, aber bestimmt nicht, wenn ich hier in der ostfriesischen Provinz versauere. Ich muss hier raus, und deshalb habe ich dem großen Uwe Hoverlandt in den letzten Wochen ständig in den Ohren gelegen, er möge mich doch ins Ausland schicken, so wie Frank.«

Er hielt inne, als wäre er gegen ein unsichtbares Hindernis gestoßen, und schenkte Axel einen durchdringenden Blick. »Natürlich nicht in dasselbe Internat wie diesen Hohlkopf. Ich habe ihn angebettelt, mich nach England zu schicken, und was soll ich dir sagen … es hat geklappt.«

»Ich hatte ja keine Ahnung, dass du es hier so schrecklich findest.«

Axels Bemerkung schien Martin zu irritieren, denn er starrte ihn mindestens eine halbe Minute lang verwundert an.

»Bist du verrückt? Wie kannst du das alles nicht furchtbar finden?«

»Ich weiß nicht, ich tue es einfach nicht.« Groot hob beschwichtigend die Hände. »Bevor du mir den Kopf abreißt, will ich zugeben, dass auch ich mir vorgenommen habe, mir die Welt anzusehen, wenn ich alt genug bin. Ich werde viel reisen, das steht fest, aber ich weiß auch, dass ich immer wieder hierher zurückkehren werde.« Er lächelte. »Vielleicht erst als alter Mann, wenn ich mich zur Ruhe gesetzt habe. Aber ich werde zurückkehren. Hier bin ich zu Hause und …«

»Dir ist wirklich nicht zu helfen«, unterbrach ihn Martin. »Willst du dich wirklich eines Tages hier beerdigen lassen?«

»Ja. Warum denn nicht?«

»Weil diese Einöde selbst für Tote zu langweilig ist«, brach es aus dem jüngsten Hoverlandt hervor.

»Ich würde lieber sterben, als auch nur einen Tag länger hier zu bleiben.« Es folgte ein Kichern, durch welches Martin seinem Freund fremdartiger erschien. »Weißt du, für Frank war es auch nicht schön, als unser Alter beschlossen hat, ihn wegzuschicken. Ich weiß noch, wie er sich benommen hat. Er hat getobt, gebettelt und gedroht, aber Vater ließ sich nicht erweichen.« Er holte tief Luft. »Ich hätte damals sehr gerne mit ihm getauscht, aber ich wusste, dass ich damit keinen Erfolg haben würde, also habe ich auf eine günstige Gelegenheit gewartet.«

»Und die ist jetzt gekommen«, stellte Axel fest.

Martin nickte. »In der Tat. Ich war geduldig, und jetzt bekomme ich, was ich wirklich will.«

»Freiheit, was? Bei all den Regeln, die in so einem Internat herrschen?«

»Na ja, da kann man sich vielleicht mehr arrangieren, als du denkst«, lautete die orakelhafte Antwort. »Aber darum geht es mir nicht in erster Linie.« Er grinste zufrieden. »Nein. Ich will einfach nur weg von hier. Weg von meinem Vater. Ich will weg von dieser nach Jauche stinkenden Landluft.«

Erneutes Schweigen folgte.

Ein älterer Mann kam vorbei, beäugte die beiden Jungen einen kurzen Moment misstrauisch und widmete sich dann wieder seiner kleinen Promenadenmischung, die er an der Leine führte.

Sie überquerten die schmale Brücke, und als sie außer Sicht- und Hörweite waren, ergriff Axel das Wort.

»Ist das auch der Grund, warum du mich nicht mehr sehen willst? Vergleichst du mich mit der stinkenden Luft und der öden Eintönigkeit hier?«

Erst jetzt merkte er, dass er in einem schärferen Tonfall gesprochen hatte als ursprünglich beabsichtigt. Sein Herz pochte wild, und die schweißnassen Hände waren zu Fäusten geballt. Am liebsten hätte er Martin gepackt und kräftig durchgeschüttelt.

Ja, verdammt, er war wütend, obwohl das nicht einmal annähernd beschrieb, wie sehr ihn die Äußerungen seines – vermeintlichen – Freundes getroffen hatten. Jedes einzelne der Worte hatte ihm wehgetan. Wie Holzsplitter, die ihm jemand unter die Fingernägel schob.

»Du warst also nie wirklich mein Kumpel?«, presste Axel schwer zwischen den Lippen hervor. »Ich war wohl nur ein Mittel zum Zweck für dich, damit dein bescheuerter Bruder dich endlich in Ruhe lässt. Du hast meinen Vater und mich nur …«

»Nein«, zischte Martin.

Groot zuckte zusammen wie unter einem Peitschenhieb. Nie zuvor hatte er Martin Worte in dieser Härte aussprechen hören.

»Unsere Freundschaft und auch das, was wir teilten, als dein Vater oder einer seiner Freunde uns trainiert hat, das war echt.« Er schüttelte energisch den Kopf. »Ich habe euch nichts vorgemacht.«

Axel ersparte es sich, etwas zu erwidern. Stattdessen biss er sich auf die Unterlippe und versuchte, das Chaos, das Martins Enthüllung in ihm ausgelöst hatte, in den Griff zu bekommen. Der Zorn, der ihn wie eine feurige Lohe durchzuckt hatte, legte sich und wich einer eisigen Enttäuschung. Aber auch dieses Gefühl schien so schnell zu vergehen, wie es gekommen war.

Groot war so durcheinander wie nie zuvor in seinem Leben. So war es ihm nicht einmal ergangen, als seine Eltern ihm offenbarten, dass sein Vater für längere Zeit ins Ausland abkommandiert werden würde. Und selbst nachdem die Großeltern gestorben waren, hatte er trotz der nagenden Trauer immer klar denken und reflektieren können.

Wie erstarrt saß er unter dem Baum, und es war ihm, als wären die Wärme und die Freundlichkeit dieses herrlichen Sonnentags urplötzlich verpufft.

»Ich schwöre dir, ich bin dir und deinen Eltern wirklich dankbar. Ohne euch wären die letzten Jahre nicht nur schlimm, sondern die Hölle gewesen. Frank und mein Vater hätten mich weiterhin fertiggemacht und ihre gemeinen Spielchen mit mir gespielt.«

Martin wischte sich mit einer raschen Bewegung über die Augen.

»Ich bin euch wirklich dankbar, aber leider haben eure Freundschaft und all die anderen guten Dinge, die ihr für mich getan habt, nichts daran geändert, dass ich hier in einer Ecke der Welt festsitze, die ich einfach nur hasse.« Er legte den Kopf in den Nacken und starrte zum fast wolkenlosen Himmel empor. »Ich will hier weg«, rief er lauthals. Es fehlte eigentlich nur noch, dass er die Fäuste theatralisch hochreckte. »Und wenn ich das schaffe, indem mich mein Alter in ein Internat steckt, dann soll es mir recht sein.«

Axel fühlte sich elend. Seine Arme und Beine waren schwer wie Blei, und es gelang ihm nicht, einen klaren Gedanken zu fassen. Er presste die Lippen fest aufeinander.

»Lass dich nicht so hängen«, fuhr Martin fort. Die Niederge-schlagenheit von eben war sichtlich verflogen. Er lächelte und wirkte erleichtert. »Sieh es doch mal so: Endlich bekomme ich das, was ich mir schon so lange wünsche.« Es folgte eine kurze Pause, in der er den Kopf hin und her wiegte. »Und da wir schon eine ganze Weile nichts mehr miteinander unternommen haben, fällt die Trennung wahrscheinlich sogar leicht.«

»Das sagst du so einfach«, gab Axel zu bedenken. Er vermochte die Enttäuschung in seinem Inneren nicht in Worte zu fassen. Martins Offenbarungen hatten ihn schwerer getroffen als jeder Hieb von Frank während ihres Scharmützels auf dem Schulhof.

»In anderthalb Wochen verschwinde ich, dann seid ihr mich endlich los.«

Axel blieb stumm. Die Gefühle, die ihn aufgewühlt und sein Innerstes in Aufruhr versetzt hatten, legten sich wie Böen, die nach dem Abflauen eines Sturms jedwede Kraft verloren.

Martin stand vor ihm und sah ihn schweigend an. Die Unruhe, die ihn eben rastlos umhergetrieben hatte, schien von ihm abge-fallen zu sein. Es wirkte so, als warte er darauf, dass sein Freund zu ihm käme, um ihm die Hand zu reichen und sich zu verab-schieden.

Aber Axel rührte sich nicht.

Er wusste, dass er sich wie ein trotziges Kleinkind verhielt. Es fehlte nur, dass er die Arme vor der Brust verschränkte und den Atem anhielt, um seinen Willen durchzusetzen.

»Jetzt, wo du mir alles gesagt hast, was du mir sagen wolltest, halte ich es für dich für unnötig, noch länger hier zu bleiben.« Er warf Martin einen giftigen Blick zu und hoffte inständig, dass er damit ebenso erfolgreich sein würde wie Tante Charlie, die eine wahre Meisterin darin war, andere wortlos mit Vorwürfen zu traktieren. »Du hast sicher noch eine Menge zu erledigen, bevor du diese schäbige Gegend verlässt.«

»Also, ich …« Martin sprach leise. Er war klug genug, um zu wissen, dass Axel keine Lust mehr hatte, die Unterhaltung fortzusetzen. Im Gegenteil, alles in ihm verlangte danach, dass sein Freund, oder besser gesagt, sein ehemaliger Freund, sich umdrehte und verschwand. Am besten, ohne ein weiteres Wort an ihn zu richten.

Axel hatte es satt, von Menschen, die ihm nahestanden und wichtig waren, im Stich gelassen zu werden.

Von seinem Vater, der nach wie vor oft im Ausland unterwegs war und sein Versprechen »Dieses Mal ist es das letzte Mal« bisher nicht gehalten hatte.

Von Björn Asbeek, dem stillen Riesen, der fast spurlos verschwunden war, der aber im entscheidenden Moment ein Gespür für Freundschaft bewiesen und ihm im »Endkampf« gegen Frank Hoverlandt und dessen Spießgesellen den Rücken freigehalten hatte.

Und von Martin, den er, seit sie sich kannten, als seinen engsten Freund angesehen … und der ihn so schmählich enttäuscht hatte.

Er hatte es satt, sich mit solchen Problemen und den damit verbundenen Emotionen auseinanderzusetzen.

»Ich glaube, du hast recht«, stimmte Martin ihm zu. »Ich werd dann mal.«

Er drehte sich ruckartig um, eilte zurück zur Straße, schwang sich auf sein Fahrrad und radelte in Richtung Norden davon.

Nach kurzem Zögern trat auch Axel auf den Weg und sah ihm hinterher. Langsam, beinahe quälend langsam, wurde Martin zu einem immer kleiner werdenden dunklen Punkt vor dem Hintergrund der Wiesen und Weiden, die sich dahinter in die Weite des Landes erstreckten.

Sein ehemals bester Freund verlor sich zwischen den Bäumen am Straßenrand und der wachsenden Entfernung zu ihm.

»Viel Glück, Kumpel«, flüsterte er und schluckte schwer.

Er wusste, dass er Martin vermissen würde, selbst wenn er sich als herbe Enttäuschung erwiesen hatte.

Sein Vater hatte einmal zu ihm gesagt, dass man Zeiten wie diese durchleben müsse, da sie unvermeidbar waren auf dem Weg zum Erwachsensein.

Bedauerlicherweise hatte Piet Groot damit recht behalten, und Axel wurde angst und bange, als ihm klar wurde, dass die Zukunft vielleicht noch weitere solcher Situationen für ihn bereithielt.

Vielleicht sogar wesentlich schlimmere …

17. Kapitel

Gegenwart: Polizeipräsidium Norden

Als Axel Groot den großen Besprechungsraum betrat, in dem normalerweise Fortbildungen und Dienstbesprechungen stattfanden, wirkte er angespannt. Hilka Martens war sich sicher, dass nicht nur ihr der verkniffene Gesichtsausdruck des Hauptkommissars auffiel. Dyssen, der ihn genauso lange kannte wie sie, warf ihr einen fragenden Blick zu. Leider blieb ihr im Augenblick nichts anderes übrig, als mit den Schultern zu zucken und abzuwarten, was passieren würde.

Groot kam in Begleitung von Martin Hoverlandt, der schweigend auf einem der freien Stühle am ovalen Tisch Platz nahm und nicht minder bedrückt wirkte.

Axel musterte jeden Anwesenden eingehend. »Ehrlich gesagt, hätte ich nicht gedacht, dass wir uns so schnell nach den Morden treffen würden, um die drängendsten Fragen zu diesem Fall zu beantworten.« Er breitete die Arme aus wie ein Showmaster, der seine Kandidaten vorstellt. »Aber wie Sie sehen, ist es so weit gekommen.«

»Lassen Sie die Spielchen, Groot«, schnaubte Uwe Hoverlandt, der gleich links neben dem Hauptkommissar Platz genommen hatte. Der dicke Schnurrbart zitterte bei jedem der lautstarken Atemzüge. »Verkünden Sie, was Sie herausgefunden haben, damit dieser Albtraum endlich ein Ende hat.«

Axel warf dem schwerreichen Unternehmer einen kurzen Seitenblick zu. Anscheinend hatte der alte Mann sich wieder etwas gefangen.

»Wie Sie wünschen«, erklärte er. »Ich kann Sie gut verstehen, Herr Hoverlandt, und ich möchte Sie nicht unnötig auf die Folter spannen.«

Blitzschnell hob Groot den rechten Arm und deutete mit ausgestrecktem Zeigefinger auf jene Person, die ihm gegenüber Platz genommen hatte.

Liane Steffen zuckte zusammen wie von einem elektrischen Schlag getroffen. Die Aufsichtsrätin der Hoverlandt Holding riss die Augen auf und keuchte laut.

»Sie haben Frank Hoverlandt getötet«, stieß er hinterher.

Hilka hatte ihren Chef bei solchen Täterenthüllungen schon oft erlebt, aber diesmal wirkte Axel anders. Er strahlte so etwas Dunkles aus, etwas Verbissenes, fast Zwanghaftes.

Du meine Güte, hast du die ganze Zeit gepennt, schalt sich die Kommissarin in Gedanken. *Diese Sache ist persönlich für ihn. Frank Hoverlandt war der Bruder seines alten Kumpels.*

»Sie haben sich mit ihm an einem abgelegenen Ort getroffen, sind zu ihm ins Auto gestiegen, haben einen Moment der Unaufmerksamkeit genutzt oder ihn abgelenkt, ihm eine Pistole mit Schalldämpfer an die Brust gedrückt und ihn mit einem Schuss getötet.«

Die Worte flossen förmlich aus Groots Mund. Er sprach schnell und gleichzeitig emotionslos, obwohl Hilka ihm weiterhin ansah, dass diese Angelegenheit nicht spurlos an ihm vorübergegangen war. »Dann breiteten sie eine Plastikfolie oder etwas Ähnliches – das werden wir noch herausfinden – über den Beifahrersitz aus, kippten den Toten zur Seite, nahmen hinter dem Lenkrad Platz und fuhren dorthin, wo Hagen Wilmert wartete.«

Axel legte wieder eine jener kurzen Pausen ein, die vor allem den Zweck hatten, die vorangegangenen Worte wirken zu lassen.

»Wir werden wohl nie erfahren, ob Wilmert Sie bei den schlechten Sichtverhältnissen in Frank Hoverlandts BMW überhaupt erkannte. Unbestreitbar aber ist, dass Sie ihn mit voller Wucht getroffen haben, als Sie das Auto beschleunigten und ihn an den Baum nagelten.« Der Hauptkommissar verengte die Augen zu schmalen Schlitzen. »Es mag Zufall gewesen sein, dass Sie ihn gegen die Fichte geschleudert haben – vielleicht wollten Sie ihn auch nur überrollen –, aber dieser Umstand kam Ihnen wenige Minuten später sehr gelegen, als Sie Hoverlandt wieder hinter dem Steuer aufrichteten, dem toten Wilmert die Pistole in die Hand drückten und einen weiteren Schuss abgaben, der das zweite Einschussloch in der Brust hinterließ.«

Axel holte tief Luft und gab Hilka durch ein Nicken zu verstehen, dass sie nun an der Reihe war fortzufahren.

»Auf diese Weise haben Sie Wilmert mit den notwendigen Schmauchspuren versehen, die beweisen sollten, dass er geschossen hat«, kam die Kommissarin der stummen Aufforderung nach. Sie war bestens informiert. Vor einer knappen Stunde hatten sie beide zusammen mit Rainer Dyssen die letzten Abläufe der Präsentation besprochen.

»Sie waren auch so gut vorbereitet, dass Sie die leere Patronenhülse des ersten Schusses auf den Waldboden warfen, um den Eindruck zu erwecken, Wilmert habe zweimal geschossen. Es ist auch anzunehmen, dass Sie, wenn der Treffer des Baumes und der zweite Schuss nicht ausgereicht hätten, die Windschutzscheibe völlig zu zerstören, noch einen dritten oder gar vierten Schuss abgegeben hätten.« Hilka verschränkte die Arme vor der Brust. Die Nervosität, die sie zu Beginn ihrer Ausführungen im Griff gehalten hatte, verlor sich mit jeder Sekunde, in der sie weitersprach. »Aber das Glück war Ihnen hold. Der Aufprall und der zweite Schuss haben gereicht. Sie entfernten sich vom Tatort und suchten einen Platz auf, an dem Sie den Rest der Nacht ohne Probleme verbringen konnten.«

Liane Steffen, Ziel von Groots Worten und somit Mittelpunkt der Aufmerksamkeit aller Anwesenden, schüttelte den Kopf. Ihr Gesicht war hochrot angelaufen und eine Zornesfalte grub sich direkt über der Nasenwurzel in die Haut.

»So ein Quatsch«, schimpfte sie. »Das haben Sie sich aus den Fingern gesogen. Sie können nichts davon ...«

»Wenn Sie andeuten wollen, dass wir nichts davon beweisen können«, unterbrach Hilka sie mit einem triumphierenden Lächeln, »dann irren Sie sich gewaltig. So gewaltig, wie man sich nur irren kann.«

Ihre Worte hinterließen bei Liane Steffen Wirkung. Die Frau mit den feuerroten Haaren erstarrte, als wäre die Zeit für sie stehen geblieben. Doch das verflog fast ebenso schnell wieder. In ihren dunklen Augen blitzte es auf.

»Dann zeigen Sie mir doch mal Ihre tollen Beweise. Ich bin mir sicher, dass das, was Sie zu präsentieren haben, von meinem Anwalt problemlos zerpflückt werden kann.«

»Selbstsicherheit mag im Geschäftsleben wichtig sein«, meldete sich Axel wieder zu Wort und übernahm abermals die Gesprächsführung. »Aber auch sie kann nur Bestand haben, wenn sie auf einem stabilen Fundament steht, Frau Steffen. Und man kann deutlich sehen, wie wenig Sie davon haben.« Er lächelte kühl. »Man kann Ihre Unsicherheit förmlich riechen.«

Eine weitere Pause folgte.

»Schauen wir uns die Spuren an und die Schlussfolgerungen, die sich daraus ergeben. Dass Frank Hoverlandt nicht von Wilmert, sondern aus nächster Nähe erschossen wurde, ergibt sich aus den Verbrennungsrückständen an der Kleidung um das erste Einschussloch. Die Waffe war aufgesetzt, und die Rekonstruktion des Abdrucks auf der Haut lässt auf die Verwendung eines Schalldämpfers schließen. Die Waffe in Wilmerts Hand hatte jedoch keinen Schalldämpfer. Ergo: Die Schüsse stammten nicht von ihm.«

Uwe Hoverlandt atmete tief durch und lenkte Axel für die Dauer von zwei Sekunden ab, was Hilka die Gelegenheit gab, einzugreifen. Was sie fast ohne Verzögerung tat. »Woher wissen wir, dass Frank auf die Seite gelegt wurde, um dem Mörder Platz zum Fahren zu verschaffen? Das Blut aus der Wunde war zu diesem Zeitpunkt noch nicht vollständig geronnen. Es bildete sich ein Fließmuster zur rechten Körperseite hin, was erklärt, dass er auf dieser Seite lag. Wir haben keine Blutspuren auf dem Sitz gefunden, also ist klar, dass eine kleine Plane oder Folie benutzt wurde.«

Axel trat einen Schritt vor und signalisierte so, dass er wieder bereit war, den Vortrag fortzusetzen. Hilka überließ ihm den Platz mit einer kurzen einladenden Geste.

»Kommen wir zu den Schmauchspuren und damit zu einem wirklich interessanten Aspekt dieses Falles. Natürlich mussten sie an Wilmert nachgewiesen werden, und deshalb war es unerlässlich, ihm die Waffe in die Hand zu drücken, als er selbst schon tot war, und damit ein zweites Mal auf Hoverlandt zu schießen.« Er schaute Liane Steffen wieder fest an. »Und das hätte reichen können, wenn wir nicht noch andere Spuren gefunden hätten, die uns zu Ihnen geführt haben.« Groot winkte ab. »Aber ich will nicht vorgreifen. Ich komme gleich darauf zurück.«

Für einen winzigen, kaum wahrnehmbaren Moment weichten Axels Züge auf, als versuche sich ein Schmunzeln Bahn zu brechen, doch bevor weitere Ansätze dafür erkennbar wurden, verhärteten sie sich wieder. »Genau wegen dieser Beweise untersuchte die Spusi das Innere des BMW genauer, und siehe da: Überall, an den Armaturen, am Lenkrad, an der Innenseite des Fahrerfensters und an der Decke des Fahrgastraumes – jedenfalls direkt über dem Fahrer –, fanden sich weitere Schmauchspuren. Hätte Wilmert von seiner Position aus geschossen, also vor dem Auto, das ihn in den Baumstamm rammte, hätten diese Spuren dort nicht gefunden werden dürfen. Ein weiterer Beweis dafür, dass Hoverlandt schon vorher von jemand anderem *im* Auto getötet wurde.«

»Das beweist aber nicht, dass ich es war«, zischte Liane Steffen.

Für Hilka klang ihre Verteidigung wie die eines kleinen Mädchens, das nicht wahrhaben wollte, dass alle mitbekommen hatten, dass es Süßigkeiten geklaut hatte.

Groot hob beschwichtigend die Hand. »Ganz ruhig, ich komme gleich darauf zurück. Ich bin nur dafür, nichts zu überstürzen und so detailliert wie möglich zu berichten, damit hinterher möglichst wenig Fragen gestellt werden.«

»Aber wenn Sie schon Anschuldigungen erheben, dann sollten Sie auch Beweise vorlegen«, grollte die Frau erneut. »Ich bin nach der Party in mein Hotel gefahren und habe den Rest der Nacht in meinem Zimmer verbracht. Es gibt sicher Möglichkeiten, das zu überprüfen.«

»Interessant, dass Sie uns das gerade jetzt erzählen«, sprang der Hauptkommissar auf. »Damit liefern Sie mir eine perfekte Überleitung zum genaueren Tathergang.« Axel rieb sich das Kinn und nickte. »Sie haben Ihre Zelte im Hotel ›Friesenwohl zu Lütetsburg‹ aufgeschlagen. Ein Haus übrigens, das uns aufgrund einiger Ermittlungen in den letzten Jahren recht gut bekannt ist. Dort gibt es ein umfassendes Sicherheitssystem, zu dem auch Überwachungskameras gehören. Nicht auf den Etagen mit den Gästezimmern, aber in den öffentlichen Bereichen des Hotels und rund um das Gebäude. Sie, Frau Steffen, sind auf keiner dieser Kameras aufgetaucht, nachdem Sie gegen zwei Uhr dreißig ins Hotel zurückkehrten und in den Aufzug stiegen, der Sie in Ihr Stockwerk brachte.«

»Das habe ich doch gesagt«, empörte sich die Angesprochene. »Ich bin in mein Zimmer gegangen und habe es erst um circa neun Uhr dreißig wieder verlassen.«

»Es tut mir leid, dass ich mich nicht klarer ausgedrückt habe«, bemerkte Groot. »Ich hätte deutlicher sein müssen. Keine der Kameras zeigt Sie, nachdem Sie das Hotel betreten haben. Aber man sieht eine dunkelhaarige Frau, die um drei Uhr dreizehn das Hotel durch einen der Hinterausgänge verlässt. Sie trägt eine Sonnenbrille und einen langen dunklen Mantel. Ersteres ist ungewöhnlich für die Nachtstunden, Letzteres ungewöhnlich für das milde Wetter der letzten Tage. Niemand vom Hotelpersonal kennt übrigens diese Frau. Sie ist nirgends registriert.«

»Hören Sie, ich weiß, dass Sie denken, ich hätte mich verkleidet aus dem Hotel geschlichen, aber ich habe weder einen Mantel noch eine Perücke dabei. Letztere hätte ich wohl aufsetzen müssen, um mich ausreichend zu tarnen, oder?« Liane Steffen deutete fuchtelnd auf ihr rotes Haar. Auf ihren Wangen bildeten sich vor Aufregung Flecken. »Sie können gerne mein Hotelzimmer durchsuchen, wenn Sie wollen.«

»Das haben wir schon«, mischte sich Hilka ein und zog die Blicke auf sich. »Wir haben selbstverständlich den erforderlichen Durchsuchungsbeschluss erwirkt und uns vor einigen Stunden, als Sie bei Herrn Hoverlandt waren, in Ihren Räumlichkeiten umgesehen. Außerdem hat der Kollege Dyssen den Kartenleser an ihrer Zimmertür überprüft und die Bestätigung erhalten, dass Sie die Tür in der Tatnacht einmal geöffnet haben, nämlich kurz nachdem Sie ins Hotel zurückgekehrt sind.«

»Das bestätigt …« Liane Steffen setzte zu einer weiteren verbalen Attacke an. Doch zu ihrem Unglück wurde sie wieder abrupt gestoppt.

»Ich muss das noch einmal klarstellen. Wir haben alle Ihre Räume untersucht. Nicht nur das Zimmer, in dem Sie offiziell wohnen, sondern auch das Zimmer, das für Ihren erkrankten Kollegen Karsten Brunner mit angemietet und für das ebenfalls eine Keycard ausgestellt wurde.«

»Ach, sagen Sie mal, Frau Steffen.« Nun war wieder Axel an der Reihe, sich in die Diskussion einzuschalten. »Wenn ich richtig informiert bin, und das bin ich dank Martin Hoverlandt, dann waren Sie doch für die Organisation der Zimmer für alle leitenden Mitarbeiter der Firma zuständig, oder?«

Liane Steffen presste die Lippen zusammen. Ihr Blick irrlichterte zwischen den Menschen im Raum hin und her.

»Wenn das so ist, sollte man sich vielleicht fragen, warum das Zimmer nicht abbestellt, sondern in Anspruch genommen wurde«, fuhr Hilka fort. Fast hätte sie vor Schadenfreude über das verdutzte Gesicht der an sich gar nicht wortkargen Verdächtigen gelacht. »Man sollte meinen, dass Sie sich gleich nach Bekanntwerden der Absage des besagten Kollegen darum gekümmert hätten. Haben Sie aber nicht, und das legt die Vermutung nahe, dass Sie mit diesen Räumen etwas vorhatten. Dass Sie sie brauchten, zum Beispiel als Versteck für Ihre Verkleidung und die Waffe, die Sie von Ihrem Komplizen erhalten hatten. Außerdem war es das perfekte Versteck, in das Sie sich nach Ihrer schändlichen Tat zurückziehen konnten, um die Stunden bis zum Frühstück zu überbrücken, ohne noch einmal die Keycard für Ihr normales Zimmer zu benutzen und so den Eindruck zu erwecken, Sie hätten es für den Rest der Nacht nicht mehr verlassen.« Ein zufriedenes Lächeln umspielte die Mundwinkel der Kommissarin. »Ach ja, um es kurz zu machen, wir haben auch dieses Zimmer gründlich untersucht und tatsächlich Fasern einer schwarzen Haarperücke gefunden, die Sie sicher schon längst mitsamt Mantel und Sonnenbrille verschwinden ließen. Aber wir haben noch etwas anderes gefunden. Kleine Schmauchpartikel, die am Stoff des Mantels hafteten, nachdem Sie Frank Hoverlandt erschossen hatten.« Hilka schüttelte den Kopf, als wäre sie eine Lehrerin, die eine Schülerin dabei erwischte, etwas wirklich, wirklich Dummes zu tun. »Sie haben ihn wohl irgendwann auf dem Bett abgelegt, und dort haben wir die Rückstände dann auch gefunden.«

Sie überlegte kurz, wie sie am besten fortfuhr. »Als Sie verkleidet ins Hotel zurückkehrten, und auch davon gibt es Aufnahmen der Außenkameras, hatten Sie es verständlicherweise eilig. Sie sind durch den Hintereingang hereingekommen und haben sich über das Treppenhaus zurück auf die Etage begeben, auf der sich sowohl Ihr offizielles als auch das Zimmer des nicht anwesenden Herrn Brunner befinden. Der Kartenleser hat ausgespuckt, dass die Tür hierfür zweimal nach Beendigung der Party benutzt wurde. Einmal unmittelbar nach Ihrer offiziellen Rückkehr als Liane Steffen und einmal nach Erledigung Ihrer Bluttaten als namenlose Schwarzhaarige.«

»Das sind alles Fantastereien. Sie können nichts, aber auch gar nichts davon …«

»Wir können bei Ihnen einen Schmauchspurtest durchführen«, zischte Axel Groot in ihre Richtung. »Sie haben den Mantel ausgezogen, und auch wenn Sie während der Tat vermutlich Handschuhe getragen haben – die inzwischen ebenfalls entsorgt wurden –, so müssen Sie doch danach die Ärmel des Kleidungsstücks ohne einen solchen Schutz berührt haben. Die Konzentration der verräterischen Rückstände dürfte inzwischen sehr stark abgenommen haben, aber immer noch aussagekräftig genug sein.«

Es war, als hätte man eine schalldichte Kuppel über den Raum gestülpt. Alles wirkte wie erstarrt.

»Und wenn das nicht reicht, um vor Gericht zu bestehen, dann haben wir noch einige weitere unschlagbare Trümpfe in der Hand«, erklärte Hilka. »Es ist nämlich so …«

Weiter kam sie nicht.

Die Reaktion von Liane Steffen, die in krassem Gegensatz zur allgemeinen Erstarrung stand, war so schnell und überraschend, dass selbst die Kommissarin, die direkt neben ihr Aufstellung bezogen hatte, nichts dagegen zu unternehmen in der Lage war.

Die hochrangige Mitarbeiterin der Firma sprang geschmeidig auf, griff in das blonde Haar von Veronica Hoverlandt und zog die vor Schmerz aufschreiende Frau ihres Chefs hoch.

In Steffens rechter Hand blitzte etwas Metallisches auf und drückte sich im nächsten Atemzug direkt gegen die weiche Haut am Hals der wasserstoffblonden Milliardärsgattin.

Überraschte Schreie der anderen Anwesenden erfüllten die Luft. Martin sprang auf und schien losstürmen zu wollen, doch Axel stoppte ihn mit einer blitzschnellen Bewegung.

Ein Ruck durchlief Hilkas Körper, aber Liane Steffen starrte sie eisig an und umklammerte mit ihren Fingern den Griff dessen, was sie Veronica an den Hals drückte, noch fester.

»Ganz ruhig«, zischte Axel der Kommissarin zu. »Wir wollen nicht, dass dieses kleine Treffen in einem Blutbad endet.«

»Frau Steffen«, grollte es nur wenige Meter hinter der scheinbar durchgedrehten Frau. Uwe Hoverlandt kämpfte sich auf die Beine und stützte sich auf der Tischplatte ab. »Ich befehle Ihnen, sofort von Veronica abzulassen. Wenn diese Anschuldigungen frei erfunden sind, werden wir einen Weg finden …«

»Halt's Maul«, knurrte die Steffen und trat zwei Schritte zurück. Damit brachte sie etwas mehr Abstand zwischen sich und Hilka Martens, die den Blick keine Sekunde abwandte und nach wie vor jeden Muskel angespannt hielt, um bei passender Gelegenheit vorzuspringen und einzugreifen.

»Das ist ja das Problem«, fuhr sie fort und zog Veronica Hoverlandts Kopf ein Stück näher an sich heran. Die Unternehmergattin stolperte gezwungenermaßen weiter. Ihr Oberkörper kippte nach hinten, sodass sie dastand wie ein überdimensionaler Bogen, der gespannt wurde.

»Die Vorwürfe sind nicht aus der Luft gegriffen. Ich hatte so eine Ahnung, als wäre man mir auf die Schliche gekommen, deshalb habe ich dieses kleine Papierskalpell mitgenommen.« Ein heiseres Lachen bahnte sich den Weg zwischen ihren bebenden Lippen. »Ich dachte, es kann nicht schaden, eine kleine Versicherung in der Hinterhand zu haben. Eine Art Freifahrtschein, der mich hier herausholt.«

»Lassen Sie Frau Hoverlandt los«, verlangte Axel mit ruhiger Stimme. Wieder einmal wunderte sich Hilka darüber, dass er in einer solchen Situation, die kurz davorstand, zu einem blutigen

Drama zu werden, so gelassen klang. Kein Stocken, kein Zittern, kein Krächzen war zu hören.

Doch seine Körperhaltung verriet deutlich, wie angespannt er in Wirklichkeit war. Er war aus der entgegengesetzten Richtung herangetreten, hatte die Arme in einer beschwichtigenden Geste nach vorne gestreckt und behielt sowohl Geisel als auch deren Peinigerin genau im Auge. Er war knapp zwei Meter von Liane Steffen und ihrem wimmernden Opfer entfernt.

»Ich glaube, es reicht mit dem Näherkommen«, knurrte sie. Ihre rechte Hand bewegte sich um eine Kleinigkeit, und ein winziger Blutstropfen quoll unter der silbernen Klinge hervor. Sie hatte Veronicas Haut leicht angeritzt. »Es sei denn, Sie wollen für den Tod dieser Schlampe verantwortlich sein.«

Ein Stöhnen entrang sich der Kehle der bedrängten Milliardärsgattin. Totenbleich hing sie im Griff der Mörderin. Ihre Augen verdrehten sich in den Höhlen.

»Nein, das will ich ganz bestimmt nicht«, antwortete Axel. »Und meine Kollegin will das auch nicht, obwohl sie so aussieht, als würde sie nur zu gerne ein paar ihrer Taekwondo-Kicks an Ihnen ausprobieren.«

Liane Steffen wandte sich wieder Hilka zu. »Vergiss es, Schätzchen. So weit wird es nicht kommen, es sei denn …«

Axel Groot verwandelte sich in diesem Moment in einen Schemen, sprang vorwärts, zog Veronica Hoverlandt mit einer geschmeidigen Bewegung zur Seite und stieß seine geballte Rechte vor. Dabei rammte er sie direkt in die Spitze der Skalpellklinge.

Während die Frau des Großunternehmers zurücktaumelte, stolperte und der Länge nach hinfiel, bohrte sich die Waffe, die ihr Leben bedroht hatte, zwischen die Mittelhandknochen des Hauptkommissars. Blut schoss ihm über die Finger. Sein Gesicht verzerrte sich zu einer Grimasse reinen Schmerzes. Er keuchte laut auf und entriss Liane Steffen mit der frei gewordenen Linken das zweckentfremdete Mordinstrument.

»Mistkerl«, fauchte sie und wirbelte um die eigene Achse. Ihr rechter Fuß traf Groot so hart in der Körpermitte, dass ihm fast die Augen aus den Höhlen quollen. Mit einem Gurgeln auf den Lippen fiel er zurück.

Liane Steffen sprang über die am Boden liegende Veronica Hoverlandt, oder besser gesagt, sie wollte über sie in Richtung Ausgang hinwegsetzen, als Hilkas große Stunde schlug.

Axels Eingreifen und die Tatsache, dass die Geisel auf sie zugestürzt war, hatten sie daran gehindert, so zu reagieren, wie sie es in ihrer harten Ausbildung gelernt hatte. Als ihr Chef mit hochrotem Kopf auf die Knie sackte und der Weg für sie frei war, handelte sie.

Bevor Liane Steffen den zweiten Schritt auszuführen in der Lage war, schnellte der Arm der Kommissarin nach vorne. Kräftig packte sie die Schulter der deutlich kleineren Frau, riss sie mühelos herum und starrte ihr eineinhalb bis zwei Sekunden lang in die Augen.

»Jetzt reicht's«, knurrte sie und feuerte eine eisenharte Rechte ab, die den Kinnwinkel ihrer Gegnerin so präzise traf, dass Hilka bedauerte, kein Foto davon knipsen zu können.

Liane Steffen vollführte eine verunglückte Pirouette, verdrehte die Augen und kippte um. Steif wie ein Brett fiel sie vornüber auf den Boden und schlug dabei hart mit dem Kinn auf, was sie aber vermutlich längst nicht mehr mitbekam.

Schmerzwellen schossen der Kommissarin durch die Hand bis hinauf in die Schulter. Sie hatte so fest zugeschlagen, dass sie ein Pochen der Mittelhandknochen wahrnahm. Außerdem fühlte es sich an, als würde eine mächtige Schwellung hervordrängen.

Hilka bewegte vorsichtig die Finger und stöhnte auf, als ein heißer Stich durch die Gelenke zuckte. Sie kniff die Augen zusammen, und als sie die Lider wieder hob, sah sie Axels Gesicht vor sich.

Inzwischen war er aufgestanden, hielt sich wackelig auf den Beinen und zog eine Grimasse, in der all sein Schmerz erkennbar war.

»Gute Arbeit«, stieß er zwischen zusammengebissenen Zähnen hervor und schielte auf den Griff des Papierskalpells, der aus seinem Handrücken ragte. Zwei dünne Blutrinnsale pulsten den Arm hinunter und tränkten den Stoff des Hemdes.

»Danke«, erwiderte Hilka mit verkniffenem Mund und beschloss, die äußerst schmerzhaften Bewegungstests der Finger einzustellen und abzuwarten, was eine eingehende Untersuchung und Röntgenkontrolle der Hand ergeben würde.

Veronica Hoverlandt hatte sich inzwischen auf die Beine gekämpft und stand, fest umklammert von ihrem Uwe, wenige Schritte von der bewusstlosen Liane Steffen entfernt.

»Es war … so … so schrecklich«, jammerte sie. Dicke Tränen kullerten ihr über das Gesicht. Sie lehnte ihren Kopf an die Schulter ihres Mannes. »Sie … sie wollte mich … mich wirklich …« Sie schniefte lautstark. »… ja, wirklich … sie wollte mich …«

Groot nahm auf dem Stuhl Platz, auf dem vor wenigen Minuten Liane Steffen gesessen hatte. Sein Gesicht war fahl und bleich, auf der Stirn standen dicke Schweißperlen. Er atmete schwer, wie nach einem mehrstündigen Dauerlauf mit vollem Marschgepäck.

Der Schock hat seine Wirkung entfaltet, dachte Hilka.

»Rainer, hol bitte Hilfe«, bat sie den Kommissaranwärter, der sofort reagierte, den Raum durchquerte und an der Tür mit Okka Hirsebiegel und dem Neuling Jonas Gräfen zusammenstieß. Sie hielten ihre Waffen im Anschlag und wirkten ratlos. Wahrscheinlich hatten sie die Schreie gehört und waren herbeigeeilt.

»Okka, ruf den Notarzt. Der Hauptkommissar ist verletzt.«

Hilka kniete sich hin, löste mit der linken Hand die Handschellen von ihrem Gürtel – was gar nicht so einfach war – und legte sie der Bewusstlosen an.

Sicher ist sicher. Man weiß ja nie.

»Herr Groot.« Uwe Hoverlandts Stimme lenkte den Blick der Kommissarin in eine andere Richtung. Während die Handschellen klackend einrasteten, sah sie, wie der Großunternehmer auf ihren Chef zuging. Seine Frau hielt er dabei fest an sich gepresst, sodass sie zwangsläufig Schritt halten musste. »Was rede ich da?«, winkte der Alte ab. »Axel, ich danke Ihnen nicht nur dafür, dass Sie die Mörderin meines Sohnes entlarvt haben, sondern vor allem dafür, dass Sie meine geliebte Veronica vor dieser …« Er warf der bewusstlosen Liane Steffen einen wahrhaft verächtlichen Blick zu. »… dieser Irren gerettet haben.«

Hoverlandt streckte die rechte Hand aus, um sie Groot zu reichen, zog sie aber sofort wieder zurück, als er merkte, dass der Hauptkommissar die Geste aufgrund seiner Verletzung nicht erwidern konnte.

»Wenn man mir meine Frau genommen hätte«, fuhr er stockend fort, »ich wüsste nicht, was ich hätte tun sollen … ich … ich …« Der Hauch eines Lächelns umspielte die Mundwinkel unter dem mächtigen Schnurrbart. »Verzeihen Sie mir bitte. Ich alter Mann fasele einfach so vor mich hin.«

Er drückte Veronica an sich, presste die bebenden Lippen auf ihre Stirn und wirkte, als wolle er sie nie wieder loslassen.

Die Tür wurde aufgestoßen. Dr. Dammers betrat das Zimmer und entdeckte Axel. Mit schnellen Schritten eilte er auf ihn zu, stellte seine Einsatztasche ab und kniete sich sofort neben ihn.

»Mal sehen, was wir hier haben«, murmelte er. Er legte eine sterile Auflage auf die Wunde, wobei er darauf achtete, das Skalpell nicht zu berühren.

Axel winkte mit der unverletzten Hand ab. »Einen Moment bitte, Herr Doktor. Ich habe noch eine Kleinigkeit zu erledigen.«

»Aber …«, setzte Dammers zum Widerspruch an.

Er sah Hilka an, und sie las in seinem Blick die stumme Bitte um Unterstützung, doch sie schüttelte nur den Kopf. »Einen Moment«, formte sie leise mit den Lippen.

Der Arzt schien sie zu verstehen, denn er schraubte sich wieder in die Höhe und verschränkte die Arme vor der Brust. »Was soll's«, brummte er und zuckte gönnerhaft mit den Schultern. »Auf mich hört hier sowieso keiner.«

Groot richtete sich auf dem Stuhl auf. Die Schweißschicht auf der Stirn war dicker geworden, und er atmete schwer. Dennoch ließ er sich nicht nehmen, was nun kam.

Hilka verstand ihn nur allzu gut und sah ein, dass er die Sache zu Ende bringen musste.

»Es tut mir leid, Herr Hoverlandt«, presste Axel hervor. Seine Stimme klang deutlich schwächer, aber laut genug, um von allen im Raum wahrgenommen zu werden. »Ihre Frau kann ich Ihnen nicht überlassen. Schließlich war sie an dem Mordkomplott beteiligt, dem Ihr Sohn und Hagen Wilmert zum Opfer gefallen sind.« Groot sog schwer die Luft ein und stützte sich mit der unverletzten Hand auf die Kante des Konferenztisches. »Vielleicht ist sie sogar diejenige, die all die schrecklichen Dinge geplant hat, die in den letzten Tagen passiert sind.«

Hoverlandt zuckte zusammen und starrte den Hauptkommissar an, als zweifele er an seinem Verstand. »Was reden Sie da für einen Unsinn?« Er sah Veronica in die Augen. Dann wandte er sich wieder Axel zu. »Sind Sie denn völlig verrückt geworden? Wie können Sie nur glauben …«

»Ich weiß, was ich jetzt erzähle, klingt wie aus einem Kriminalroman, aber es ist alles wahr und wir können es beweisen.« Groot verzog das Gesicht und legte den verletzten Arm bedächtig auf die Tischplatte.

»Hagen Wilmert war nicht nur ein geldgieriger Mann, der sich von Ihrer Frau dazu verleiten ließ, eine immense Summe Ihres Geschäftsvermögens auf ein Privatkonto im Ausland zu transferieren, er war auch sehr, sehr vorsichtig.«

»Wie bitte?« Hoverlandts ohnehin schon von tiefen Falten durchzogene Stirn bekam noch ein paar mehr. Er verzog ungläubig die Mundwinkel.

»Ist Ihre Fantasie jetzt völlig mit Ihnen durchgegangen? Von welchen Geschäftskonten reden Sie?«

»Das kann Ihnen Ihr Sohn Martin besser erklären«, erwiderte Axel. »Wir haben vorhin eine Überprüfung vorgenommen und mussten feststellen, dass diese Überweisung zwar noch nicht getätigt wurde, aber so weit vorbereitet ist, dass sie praktisch problemlos durchgeführt werden kann. Das Ganze ist so gut getarnt, dass in den nächsten Tagen niemand darüber gestolpert wäre, außer er hätte – so wie Martin und ich – direkt danach gesucht. Es geht dabei um ein Konto für Sonderprojekte Ihrer Firma. Dieses Konto unterliegt einer besonderen Überwachung, die unter vier hochrangigen Personen aufgeteilt ist. Sie sind auch die Einzigen, die auf dieses Geld zugreifen können. Allerdings kann ein solcher Zugriff auch schon durch drei dieser vier Personen erfolgen.«

»Woher wissen Sie das?«, stöhnte Hoverlandt.

Doch er schien sich die Frage selbst zu beantworten. Sein Blick wanderte zu Martin, der verlegen den Kopf senkte.

»Ja, ich habe es ihm gesagt, aber erst, nachdem Axel mir Beweise vorgelegt hatte, die zweifelsfrei belegten, dass Wilmert, Frank, Veronica und Liane Steffen in diese miese Sache verwickelt waren.«

»Um es ganz klar zu sagen, diese vier Personen sind Sie, Herr Hoverlandt, Frank, Martin und Karsten Brunner, der Unglücksrabe, der wegen Covid nicht an der Feier teilnehmen konnte.«

Der Großunternehmer, der die Arme immer noch schützend um seine Frau gelegt hatte, öffnete den Mund, kam aber nicht dazu, Groots Redefluss zu unterbrechen.

Der Hauptkommissar wirkte nicht mehr angeschlagen, im Gegenteil, er hatte sich merklich erholt und fuhr unbeirrt fort.

»Die erste Zugriffsberechtigung auf das Sonderkonto erhielten die Verschwörer von Karsten Brunner, den sie damit erpressten, dass er vor einigen Jahren in Franks Industriespionage verwickelt war, aber nie belangt wurde. Frank hat ihn nicht verpfiffen und konnte ihn daher im richtigen Moment unter Druck setzen.«

Groot wischte sich über die Stirn. »Und dieser Zeitpunkt war kurz vor der Feier im GeKuNo gekommen. Frank drohte Brunner damit, ihn bloßzustellen – auch auf die Gefahr hin, sich selbst wieder irgendwelchen Ermittlungen auszusetzen – und ihn damit vollends in die Scheiße zu reiten.«

»Was Quatsch ist, denn Brunners Beteiligung bei diesem Diebstahl wäre problemlos nachzuweisen gewesen und ebenso strafbar wie der illegale Handel mit Industriegeheimnissen«, merkte Hilka an.

»Richtig«, stimmte Axel zu. »Eine solche Autorisierung muss per Daumenabdruck über einen biometrischen Scan erfolgen. Sobald das Geld überwiesen worden wäre, hätte man Brunner – und natürlich auch alle anderen – sofort entlarvt.«

»Sehen Sie«, rief Veronica triumphierend und schien damit wieder zum Leben erwacht, nachdem sie in den letzten Minuten fast apathisch gewirkt hatte. »Ihre Theorie ergibt also überhaupt keinen Sinn.«

»Ich würde Ihnen zustimmen, aber Brunner wäre beteiligt worden. Er stand vor der Wahl, sich mit oder ohne beträchtlichen Betrag als Straftäter offenbaren zu lassen, und hat sich dafür entschieden, das Geld zu nehmen und anschließend die Flucht zu ergreifen. Was ja, wie ich bereits erwähnte, nicht funktionierte. Er hat übrigens bereits zugegeben, dass man ihm einen ordentlichen Batzen zukommen lassen wollte.« Axel schnippte mit den Fingern der linken Hand. »Mehr als das. Sein Vorschuss beträgt eine halbe Million Euro.«

»Das ist übrigens der Betrag, den Frank Hoverlandt vor knapp zwei Monaten von seinem Privatkonto abgehoben hat«, meldete sich Rainer Dyssen zu Wort. Der Kommissaranwärter war leise näher gekommen und stand neben Hilka. »Das herauszufinden war nicht so schwer, wie Ihr verstorbener Sohn vielleicht gedacht hat«, fügte er hinzu.

Obwohl Axel nach wie vor unter dem Schmerz litt, formten sich seine Lippen zu einem schmalen Lächeln. Er nickte Rainer zufrieden zu.

»Brunner wusste, dass er nie mehr in den Schoß der Firma zurückkehren konnte. Also ließ er sich kaufen, meldete sich krank und versuchte, ins Ausland zu fliehen, und da …« Groot machte eine einladende Geste in Hilkas Richtung, die sofort die Fortsetzung des Berichts übernahm. »… wartete bereits eine Gruppe von Interpol-Beamten unter der Leitung einer sehr erfahrenen Kommissarin«, erklärte sie. Die Worte sprudelten nur so aus ihr heraus. Am liebsten hätte sie hinzugefügt, dass die versierte Leiterin der Aktion ihre Freundin – und manchmal Geliebte – Sandrine Duvelier war. »Brunner wurde in Paris aufgegriffen, als er versuchte, gefälschte Papiere zu kaufen. Aufgrund unserer sehr genauen Personenbeschreibung, einer sehr fortschrittlichen Gesichtserkennungssoftware der französischen Kollegen und der Tatsache, dass wir ahnten, was er benötigte, konnten wir ihn schnell dingfest machen. Er hat inzwischen gesungen wie ein Vögelchen.«

»Das alles erklärt aber nicht, wie Veronica in diese Verbrechen verwickelt sein soll«, knurrte Hoverlandt. »Und wenn Sie keine besseren Argumente haben als die, die Sie gerade vorgebracht haben, dann sollte dieses absurde Gespräch beendet werden.«

»Stimmt«, räumte Axel ein. »Alles, was wir bisher vorgebracht haben, bringt nur Ihren ältesten Sohn, Karsten Brunner und Liane Steffen in Verbindung, aber es gibt noch einiges anderes, das darauf hinweist, dass eine weitere Person beteiligt war.« Er deutete auf Hoverlandts Ehefrau. »Nämlich Sie.«

»Schwachsinn«, zischte sie. Mit einem Ruck befreite sie sich aus der Umarmung ihres Mannes und trat entschlossen zwei Schritte auf den sitzenden Hauptkommissar zu. »Sie haben nichts gegen mich in der Hand. Haben Sie mich verstanden? Gar nichts.«

»Oh, da irren Sie sich aber gewaltig, aber zunächst möchte ich Ihnen noch einmal genau erklären, dass Wilmert sich mit Ihnen verschworen und in Ihrem Auftrag Liane Steffen angeworben hat. Diese hat dann Frank Hoverlandt verführt und ins Spiel gebracht. Das Ganze begann unmittelbar nach dessen Haftentlassung und zog sich über mehrere Monate hin.« Axel dachte an das inoffizielle Gespräch mit Rita Karst am Abend der Party. Die daraus gewonnenen Erkenntnisse erleichterten ihm seinen Bericht wirklich erheblich. »Am Ende sollten wir, die Polizei, zu dem Schluss kommen, dass die Steffen die beiden Männer umgebracht hat, nachdem sie sie gegeneinander ausgespielt hatte. Es sollte aber auch so wirken, als sei dies eben nicht gelungen.«

»Beweise«, rief Veronica Hoverlandt. »Das sind immer noch keine Beweise für meine Schuld.«

Axel lächelte matt. Der Energieschub, der ihm soeben anzumerken gewesen war, verflog offensichtlich. Er war wieder blasser und es fiel ihm sichtlich schwer, den Schmerz zu unterdrücken. Mit der linken Hand griff er langsam in seine Jackentasche und holte einen kleinen, dunklen Gegenstand hervor. Er war knapp kleinfingerlang und bestand aus Kunststoff.

Ein USB-Stick.

Veronica Hoverlandt, eben noch voller Wut und bebend vor Zorn, erstarrte mitten in der Bewegung. Panik flackerte in ihrem Blick auf. Sie wusste ganz genau, worum es sich dabei handelte.

»Wilmert hat jedes Ihrer Telefongespräche aufgezeichnet. Ebenso jedes persönliche Gespräch zwischen Ihnen beiden. Dort, wo wir diesen Datenträger gefunden haben, haben wir auch die Belege für die Hotelzimmer gefunden, in denen Sie sich mit Wilmert getroffen haben, um mit ihm zu planen und natürlich auch all dem nachzugehen, was Sie beide ansonsten so verband.« Groot atmete tief durch. Er wirkte zufrieden, fast erleichtert. »Wir haben inzwischen die Überwachungsvideos einiger dieser Häuser ausgewertet und festgestellt, dass Sie zu den angegebenen Zeiten tatsächlich dort waren.«

Axel ließ den Stick sinken und lehnte sich zurück. »Wilmert hat Ihnen nicht über den Weg getraut. Während Sie dachten, Sie könnten ihn austricksen, hat er alles, was mit Ihnen und dem Plan zu tun hatte, genau aufgezeichnet. Ich glaube, er hat sogar in Erwägung gezogen, dass Sie auf die Idee kommen würden, ihn zu töten, und hat deshalb all diese Beweise so offenkundig hinterlegt, damit wir Sie fassen können.« Er lehnte sich zurück, anscheinend um sich zu entspannen, doch stattdessen zuckte er zusammen und setzte sich wieder auf. »Ach du liebe Güte, fast hätte ich vergessen zu erwähnen, dass meine Ex-Frau auf der Party ebenfalls zugegen war. Sie ist eine der aufsässigsten Personen, die ich kenne, was ihr allerdings in ihrem Job als Journalistin immer wieder zugutekommt.«

Veronica Hoverlandt, die unter dem Eindruck all der knallhart vorgebrachten Fakten regelrecht erstarrt war, sah den Hauptkommissar fragend an.

»Nun, das mag an sich für den Fall uninteressant sein«, fuhr Axel fort, »aber im Speziellen erweist sich das als Glücksgriff für uns. Manuela fungierte nämlich als meine Informantin, weil sie der Anordnung Ihres Gatten, auf der Party dürften keine Fotos gemacht werden, egal in welcher Form, aktiv Widerstand geleistet hat.« Auch wenn sein Blick glasig wurde und ihm weiterer Schweiß von der Stirn perlte, lächelte er siegesgewiss. »Das führte dazu, dass die Gute eine Kamera ins GeKuNo schmuggelte, deren Linse in Höhe des Ausschnitts ihres Kleides angebracht wurde. Und mit dieser Kamera bescherte sie uns viele, viele schöne Bilder, auf denen Sie zu sehen sind, und zwar, wie Sie mit Hagen Wilmert herummachen und auch Liane Steffen körperliche Zuwendung angedeihen lassen.« Ein tiefes Durchatmen folgte.

»Damit werden vielleicht nicht die Taten direkt dokumentiert, doch wird belegt, dass Sie alle in sehr, sehr enger Verbindung zueinander standen.«

Groot lehnte sich zurück und gab Hilka ein stummes Zeichen.

Sie baute sich vor der wasserstoffblonden Frau auf. »Veronica Hoverlandt, Sie sind verhaftet.«

Was folgte, war erstaunlich, denn Veronica blieb vollkommen ruhig. Sie gebärdete sich nicht wie eine Furie, schimpfte nicht, schrie nicht. Schweigend, wie ein verschüchtertes Kind, ließ sie sich aus dem Raum führen.

Uwe Hoverlandt starrte zur Tür, dann wankte er zu einem Stuhl und setzte sich. Martin stützte ihn dabei.

»Das … das kann doch nicht wahr sein«, murmelte der Groß-unternehmer, der nur noch ein Schatten seiner selbst war.

Sein Sohn klopfte ihm sanft auf die Schulter. »Ist schon gut, ist schon gut, wir … wir schaffen das schon.«

»Und wir beide haben viel zu tun«, stellte Dr. Dammers mit Blick auf den Hauptkommissar fest. Axel widersprach diesmal nicht. Er erhob sich ächzend, um sich vom Notarzt aus dem Raum führen zu lassen.

»Den Rest erklärst du, ja?«, bat er Hilka.

Sie nickte stumm und sah zu, wie die beiden Männer langsam den Raum verließen.

»Was meint er damit?«, fragte Martin Hoverlandt, der immer noch neben seinem Vater kniete. »Was für einen Rest sollen Sie uns erklären?«

Die Kommissarin räusperte sich. Was nun folgte, würde nicht angenehm werden, aber alles, was in der letzten halben Stunde passiert war, hätte man in diese Kategorie einordnen müssen.

»Also, Herr Hoverlandt. Wir haben bisher nur darüber gesprochen, dass zwei der drei notwendigen biometrischen Scans vorliegen. Nämlich die von Frank und die von Karsten Brunner.«

Martin starrte sie eine halbe Minute an, dann weiteten sich seine Augen. »Wollen Sie damit andeuten …«

»Leider ja.« Hilka nickte. »Wir gehen davon aus, dass Veronica sich nun, da sie zwei der drei Hindernisse auf dem Weg zum

Sonderkonto aus dem Weg geräumt hatte, an Sie oder Ihren Vater gewandt hätte, um vollen Zugriff zu erhalten.«

»Aber weder mein Vater noch ich hätten …« Martins Worte verstummten urplötzlich. »Oh nein«, flüsterte er heiser.

»Doch, leider.« Wieder kam Hilka nicht umhin, die unangenehme Wahrheit auszusprechen. »Für uns steht fest, dass Veronika Sie oder Ihren Vater ermordet hätte. Für einen biometrischen Scan muss die Person, die den Zugang beantragt, nicht unbedingt am Leben sein.«

Epilog

Fünf Wochen später: Emder Hafen, Lagercontainer T-14-1202

Der Regen prasselte schon seit Stunden auf das Dach des Metallcontainers und erzeugte mit dicken Tropfen einen eigentümlichen, unberechenbaren Rhythmus, der beständig durch das Innere dröhnte.

Axels rechter Fuß zuckte eher unbewusst im selben Takt vor sich hin. Seine Augen huschten über die Zeilen auf dem leicht vergilbten Blatt, die vor Jahrzehnten – weiß der Teufel, wann genau – mit einer Schreibmaschine in das Papier gestanzt worden waren.

Es war ein zugegebenermaßen spannender Bericht, in dem ein mutmaßlicher Mörder, der, um seine wahre Absicht zu verschleiern, nämlich die untreue rothaarige Ehefrau zu töten, andere, ihm völlig fremde Frauen ermordet hatte, die zufällig die gleiche Haarfarbe besaßen.

Seufzend schob er das Blatt zurück in den Schnellhefter, aus dem es stammte, und verstaute ihn in einem Pappkarton, den er mitgebracht hatte.

Dieser war mittlerweile zur Hälfte mit weiteren Akten gefüllt. Nur so vermochte Axel die Spreu vom Weizen zu trennen. Er suchte nach wie vor Spuren, die ihm dem Mörder seiner Eltern näherbrachten, doch in dem Container gab es zu viele Berichte, schriftliche Hinweise und Dokumente, die nicht damit in Verbindung standen.

Vorrangig ging es Groot darum, einen Code zu entschlüsseln, den Thilo Kreul alias Thilo Asbeek bei seinen Recherchen genutzt hatte, um die eigenen Aufzeichnungen hinsichtlich dieses Falls unkenntlich zu machen. Aus welchem Grund auch immer.

Axel versprach sich viel von dem Material. Er glaubte, mit seiner Hilfe dem Täter ein gutes Stück näher zu kommen, ihn zu entlarven oder gar zu überführen.

Doch die Sache hatte einen entscheidenden Haken.

Der Schlüssel zu Kreuls Code war nicht zu finden. Nicht in dessen persönlichem Besitz und auch nicht in den Unterlagen, die ein gewiefter Enthüllungsjournalist gemeinsam mit ihm zusammengetragen hatte.

Und der offenbar dieselbe Verschlüsselung für viele seiner Daten verwendete.

Das Ganze wurde noch betrüblicher, weil sogar ein Ass wie Dyssen daran scheiterte, eben jenen Schlüssel herauszufinden.

Es schien aussichtslos. Selbst der Umstand, dass Antje Faber, die Frau des Journalisten, ihm quasi dessen Geheimarchiv vermacht hatte, hatte ihn bisher nicht weitergebracht.

Die Lösung des Rätsels befand sich hier irgendwo zwischen Tausenden und Abertausenden Seiten Papier, die Jan Faber im Laufe eines langen Berufslebens zusammengetragen hatte.

Es war zum Aus-der-Haut-Fahren, Groot war absolut sicher, dass das entscheidende Element zur Entschlüsselung der kryptischen Informationen, die sich aus Buchstaben- und Zahlenreihen zusammensetzten, hier auf seine Entdeckung wartete.

In all den Wochen und Monaten, seit Antje ihn hierher geführt und ihm die Schlüssel für die Lagereinheit überlassen hatte, war er, wenn überhaupt, nur unwesentlich vorangekommen.

Jan Faber, der inzwischen an den Folgen eines Schlaganfalls verstorben war, hatte so viel Material gelagert, dass ein ganzes Heer williger Helfer womöglich Jahre gebraucht hätte, um sich einen Überblick über den schriftlichen Inhalt aller Dokumente zu verschaffen.

Axel lehnte sich auf dem zusammenklappbaren Gartenstuhl zurück, den er bei seinem zweiten Besuch im Container mitgenommen hatte, um nicht endlose Stunden im Stehen zu verbringen, während er sich durch die Papierberge wühlte.

Er schüttelte den Kopf.

»Nein«, flüsterte er und rieb sich mit der rechten Hand das Kinn. Glattrasiert war er schon lange nicht mehr. Unmittelbar nach Abschluss der Ermittlungen im Doppelmordfall Wilmert/Hoverlandt hatte er unbezahlten Urlaub eingereicht und sich hier, in dem schlichten Lagercontainer im Emder Hafen, regelrecht eingegraben.

In der Schlussphase des Falles war eine Unruhe in ihm aufgekommen, die sich, nachdem Veronica Hoverlandt und Liane Steffen in Gewahrsam genommen worden waren, immens verstärkt hatte.

Er hatte sich nachts im Bett herumgeworfen und war so oft aus dem Schlaf emporgeschossen, dass von einer vernünftigen Nachtruhe nicht zu sprechen war. Zusätzlich hatte er den Appetit verloren – zunächst zum Unwillen, später zur größten Sorge Charlies.

Irgendwann war er darauf gekommen, was ihm so zusetzte.

Es war die Gewissheit, dass er in den Ermittlungen, die den Mord, nein den Doppelmord an seinen Eltern betrafen, nicht vorankam. Und das, obwohl ihm klar war, dass es Zeit dafür wurde. Dass er die Unwissenheit diesbezüglich nicht mehr länger ertragen würde.

Er hatte zu vielen falschen Fährten nachgejagt und sich zu oft in die Irre führen lassen.

Wenn es in diesem Wust von unzähligen Notizen und Berichten eine Möglichkeit gab, Kreuls Code zu knacken und endlich an die notwendigen Informationen zu kommen, dann schob er das nicht mehr länger vor sich hin.

Aber was hatte er erreicht, seit er sich praktisch hier eingenistet hatte und zum Eremiten geworden war?

»Nichts«, zischte er als Antwort auf diesen Gedanken, der ihn wie ein Raubtier ansprang. »Nichts habe ich erreicht«, brüllte er, sprang vom Stuhl auf, der nach hinten kippte, und stürmte zur Eingangstür. Es gab zusätzlich ein elektrisch betriebenes Rolltor, das die Anlieferung mit einem Fahrzeug ermöglichte, aber seit er Fabers Erbe angetreten hatte, war er immer nur durch die schmale Metalltür mit dem vergitterten Milchglasfenster hereingekommen.

Schweratmend trat Axel ein paar Schritte ins Freie und ließ den Regen auf sich niederprasseln.

Es war einer dieser Niederschläge, die den nahenden Herbst ankündigten. Die Tropfen prasselten hart und kalt auf ihn nieder, sodass sie unter der Schädeldecke einen ähnlichen Rhythmus erzeugten wie den, den er eben am Container sitzend vernommen hatte.

»Nichts«, schluchzte er. »Ich habe nichts erreicht.« Groot schüttelte den Kopf. »Ich bin ein Versager.« Die letzten Worte schrie er heraus.

Mit einem Ruck wirbelte er herum, betrat wieder den Lagerraum und stürzte auf den Karton zu, in den er vor wenigen Minuten die zuletzt gesichteten Dokumente gepackt hatte.

Wut schoss ihm durch den Körper wie eine heiße Welle. Mit zitternden Händen packte er das Pappbehältnis, hob es über seinen Kopf und schleuderte es, begleitet von einem langgezogenen Schrei, in Richtung der Regalreihen, auf denen sich wie zum Hohn weitere Stapel von Ordnern und Papierbögen türmten.

Das ungenügend ausbalancierte Gebilde brach in sich zusammen. Raschelnd fielen die Dokumente und Akten zu Boden, einzelne Blätter wirbelten wie von wuchtigen Windstößen erfasst durch die Luft.

Wahllos griff Axel in die Papiermassen und schleuderte ganze Hände voll in alle Richtungen. Jede dieser Aktionen wurde von kurzen Schreien begleitet, erfüllt von Wut und maßlosem Zorn.

Jene Emotionen trieben Groot in den nächsten Minuten dazu an, das mühsam geordnete Durcheinander der hier gelagerten Akten in ein totales Chaos zu verwandeln. Als seine Arme schwer wurden und sein Herz und sein Atem rasten, ließ Axel sich schweißüberströmt auf den Boden fallen und sackte in sich zusammen angesichts der Verwüstung, die er selbst angerichtet hatte.

»Es tut mir leid«, flüsterte er und spürte, wie ihm bittere Tränen in die Augen traten. »Bitte … bitte verzeiht mir.« Er wusste nicht genau, an wen er diese flehenden Worte richtete. Vielleicht an seine Eltern, vielleicht aber an all die Menschen, die er im Laufe des Lebens vor den Kopf gestoßen und enttäuscht hatte.

Und das waren verdammt viele.

Wie lange er so dahockte, auf Papier und von Papier umgeben, wusste er nicht zu sagen. Als das Trommeln des Regens leiser wurde, erhob er sich langsam. In seinem Kopf herrschte Leere, und auch der gesamte Körper schien von einer Taubheit erfüllt zu sein.

Es hatte keinen Sinn mehr, hier zu bleiben, und von einem Moment auf den anderen reifte in ihm der Entschluss, Fabers Hinterlassenschaft einzuschließen und nie wieder in diesen verdammten Container zurückzukehren. Genauso verlockend erschien es ihm, die Suche nach dem Mörder seiner Eltern für alle Zeiten aufzugeben …

Plötzlich hielt er inne.

Sein Blick blieb an einem Objekt hängen, das bisher unter zahlreichen Aktenordnern verborgen auf einem der hinteren Regale gelegen hatte. Axels Wutausbruch hatte es freigelegt, und es passte nicht zu all den anderen Gegenständen, die er hier gefunden hatte.

Es war weder ein Ordner noch ein Schnellhefter … es war ein Buch.

Stirnrunzelnd bückte er sich und nahm es hoch.

Bevor er den Titel las, spürte er etwas Vertrautes, das von dem Buch auf ihn überging. Etwas, das er vor Jahrzehnten in seinem Gedächtnis abgelegt und auf das er seit ebenso langer Zeit keinen Zugriff mehr erhalten hatte.

Er fühlte, dass der vordere Buchdeckel in der Mitte geknickt und mit einem Streifen Klebeband verstärkt war.

Vorsichtig drehte er das Buch um und sah eine einfache, aber gelungene Zeichnung von zwei Jungen, die barfüßig auf einem Floß standen und über einen Fluss schipperten. Der eine trug eine Latzhose, der andere einen löchrigen Strohhut.

»Die Abenteuer von Tom Sawyer und Huckleberry Finn«, las er halblaut.

Die Leere in seinem Kopf wurde immer größer, alle Gedanken schienen stillzustehen. Dann schlug er das beschädigte Buch auf und fand auf der nächsten Seite eine handschriftliche Notiz, direkt unter dem Namen des Autors Mark Twain.

»Eigentum von Piet Groot.«

Axel stand regungslos da. Starrte auf die Worte, die sein Vater in jungen Jahren auf die Innenseite des Buches geschrieben hatte, nachdem er es vom eigenen Vater geschenkt bekommen hatte. Und er entdeckte noch etwas, das den Schleier lüftete, der bisher einen großen Teil des Geheimnisses um den Tod seiner Eltern verborgen hatte.

»Das ist es …«, rief er aus.

Und am liebsten hätte er erneut geschrien. Aber diesmal nicht vor Wut, sondern vor Freude …

ENDE

Ostfrieslandkrimi-Empfehlungen
des Klarant Verlages

In der Serie sind bereits folgende Ostfrieslandkrimis erschienen:

»Die Leiche am Westerdeich«, Band 1
Taschenbuch-ISBN: 978-3-96586-296-8
eBook-ISBN: 978-3-96586-297-5

Hauptkommissar Axel Groot und Kommissarin Hilka Martens sind die neuen Ermittler der Kripo Norden. Doch Zeit, sich an der Nordseeküste einzuleben, bleibt keine, denn schon am Tag vor dem offiziellen Dienstantritt haben die beiden ihren ersten Fall. Nach einer wilden Sturmnacht liegt ein Mann tot am Westerdeich von Neßmersiel! Auf den ersten Blick scheint er im Meer ertrunken und an Land angespült worden zu sein. Mehrere Stichverletzungen lassen jedoch keinen Zweifel: Es war Mord. Wer hatte ein Motiv, den Hobby-Historiker Rolf Behrend, der sich mit der ostfriesischen Geschichte beschäftigte, aus dem Leben zu reißen? Ist er in seinen Nachforschungen auf unerwünschte Wahrheiten gestoßen, und wurde deshalb auch sein Laptop gestohlen? Der erste Weg der beiden Ermittler führt zu Behrends Tochter Christel. Sie bringt einen konkreten Verdächtigen und ganz andere Motive ins Spiel …

»Tod beim Spökenkieken«, Band 2
Taschenbuch-ISBN: 978-3-96586-349-1
eBook-ISBN: 978-3-96586-350-7

»Verschwunden im Moor«, Band 3
Taschenbuch-ISBN: 978-3-96586-403-0
eBook-ISBN: 978-3-96586-404-7

»Dreifachmord in der Nacht«, Band 4
Taschenbuch-ISBN: 978-3-96586-468-9
eBook-ISBN: 978-3-96586-469-6

»Mörderisches Endspiel«, Band 5
Taschenbuch-ISBN: 978-3-96586-554-9
eBook-ISBN: 978-3-96586-555-6

»Mord mit dem Friesenschwert«, Band 6
Taschenbuch-ISBN: 978-3-96586-694-2
eBook-ISBN: 978-3-96586-695-9

»Mörderische Ostfriesenmischung«, Band 7
Taschenbuch-ISBN: 978-3-96586-850-2
eBook-ISBN: 978-3-96586-851-9

»Die Frau im Wohnmobil«, Band 8
Taschenbuch-ISBN: 978-3-96586-944-8
eBook-ISBN: 978-3-96586-945-5

»Ostfriesische Schatten«, Band 9
Taschenbuch-ISBN: 978-3-68975-083-1
eBook-ISBN: 978-3-68975-084-8

Klarant Verlag

Lernen Sie die Ostfrieslandkrimi-Titel des Klarant Verlages kennen und besuchen Sie uns im Internet unter:

www.ostfrieslandkrimi.de
und
www.klarant.de

Sie können dort Näheres über unsere Autoren erfahren, viele weitere interessante Bücher und eBooks finden und Leseproben herunterladen. Mit dem kostenlosen Newsletter auf

www.ostfrieslandkrimi-lesen.de

erhalten Sie aktuelle Informationen rund um das Verlagsprogramm, wie beispielsweise spannende Neuerscheinungen und Gewinnspiele.